Ödön von Horvaths Roman >Der ewige Spießer<,
dramatisiert von Friedrich Wambsganz

Ödön von Horvaths Roman >Der ewige Spießer<,
dramatisiert von Friedrich Wambsganz

Eine Sozielkomödie in gesellschaftskritischer Tendenz in 5 Akten

Bibliographische Information der Deutschen Nationalbibliothek

Die Deutsche Nationalbibliothek verzeichnet diese Publikation in der Deutschen Nationalbibliographie. Detaillierte bibliographische Daten sind im Internet unter http: //dnb.d-nb.de abrufbar.

Horváths >Ewiger Spießer<, dramatisiert von Fritz Wambsganz

Herstellung und Verlag:
BoD – Books on Demand, Norderstedt

ISBN 978-3-7481-0549-7

1

Personenregister

A l f o n s   K o b l e r, Autoverkäufer
R u d o l f   S c h m i t z, Redakteur
A n n a   P o l l i n g e r, Näherin

G r a f   B l a n q u e z, Dandy
F r a u   P e r z l, Arztwitwe
L e h r e r, nun Vertreter
T h i m o t e u s   B s c h o r r, Ziegeleibesitzer
H o t e l i e r aus Garmisch
S c h a f f n e r der italienischen Staatsbahn
H e r r   aus   W e i m a r, Kunstfreund
P r o s t i t u i e r t e aus Marseille
R i g m o r, Schönheit
Ä l t e r e r   H e r r aus München
K a s t n e r, Zahntechniker
H a r r y   P r i e g l e r, Eishockeystar
A n n a s   T a n t e, Vermieterin
O b e r im Schelling-Salon
R e i t h o f e r, Gutmensch

Fünf Akte:
>Freude durch Geld< im Münchner Schelling-Salon
>Politik und Eros< im Zug von München nach Barcelona -
          Fahrtunterbrechung in Marseille
>Bittere Realität< in einer Hotelhalle in Barcelona
  P a u s e
>Not der weiblichen Arbeiterklasse< in Annas Münchner Zimmer
>Weiches Herz in Proleten-Schale< im Münchner Schelling-Salon

1. Akt – Freude durch Geld

München, Schelling-Salon
Alfons Kobler sitzt beim Frühstück. Nacheinander treten Frau Perzl,
Graf Blanquez und Anna Pollinger ins Lokal.

K o b l e r :
Grüß´ Sie, Frau Perzl, nehmen´S doch Platz bei mir. Ich bin heut´
schon früh aus dem Haus, weil ich ein wichtiges Geschäft tätigen
musste. Ich hab´ endlich das Kabriolett der Hofopernsängerin
verkaufen können. Da sind volle 900 Mark ´rausgesprungen!

F r a u P e r z l:
Da kann man ja gratulieren! Darum lassen Sie im Caféhaus so
großartig auftischen. Da darf ich ja sogar mit der Vorauszahlung Ihrer
Monatsmiete rechnen! Na ja, es pressiert nicht. Ich schätze es
durchaus, dass Sie bei Geldmangel mit Ihren wohltuenden Naturalien
zahlen.

K o b l e r: Das hat meine frühere Wirtin, die Hofopernsängerin
ebenso ausgedrückt, darum hat Sie mir aus Dank für meine
umfassende Untermietertätigkeit ihren alten Sportwagen zum Verkauf
überlassen.

F r a u P e r z l:
Ja, warum sind´S denn bei dieser guten Partie überhaupt ausgezogen
und haben mit meinen bescheidenen zehn Quadratmetern vorlieb
genommen, wenn die Dame Sie so verwöhnt hat?

K o b l e r:
Ja mei, verehrte Frau Perzl, bei der Witwe hab´ ich fünf Jahre gelebt,
dann ist ihr Kabriolett 15 Jahre alt geworden und sie 55, da hab´ ich
mich in meinen jungen Jahren halt noch nach etwas anderem
umschauen wollen.

F r a u P e r z l:
Sie gell, ich bin fei auch schon 49. Aber dann bleiben Sie vielleicht
doch noch sechs Jahre bei mir, Herr Kobler. Ich weiß schon, was ich
an Ihnen habe. Mein seliger Mann, dieser trunksüchtige Pathologe hat
mich leider viel zu früh verlassen, und mein Bub Ferdinand, der
stramme Offizier, hat bloß eine ungelernte Kontoristin geheiratet, ein
Mistvieh namens Frieda Klovacs, und eine eigene Wohnung
genommen. Da bin ich schon froh, dass ich jetzt einen so stattlichen

Menschen wie Sie, der gute Manieren hat, im Haus hab'. Aber Ihr Freund dahinten, der da grad reingekommen ist, der hat fei nicht Ihre Kultur.

K o b l e r:

Was wird er schon getan haben, das ist mein bester Spezl, der liebe Graf Blanquez?

F r a u P e r z l:

So so, ein Graf will der sein, bei dieser Lebensart? Der hat doch glatt gestern Abend mit so einem Mensch Ihre Behausung betreten, hat in Ihren Schubladen gekramt und Ihre Korrespondenz studiert. Und nachher hat er es sich mit seiner Schickse auf Ihrem Bett bequem gemacht. Das hab' ich alles geseh'n, weil ich mich nach einem Brösel vor Ihrer Zimmertür gebückt hab' und dann zufällig durch Schlüsselloch g'schaut hab'. Sie - und nach 10 Minuten, wo es furchtbar gerumpelt hat in Ihrem Zimmer, da hat dann einfach Ihr Handtuch benutzt! Das ist doch allerhand. Der ist doch kein vornehmer Umgang für einen Herrn wie Sie. Das würde ich ihm doch glatt unverblümt ins Gesicht sagen!

K o b l e r:

Das ist nicht so leicht, Frau Perzl. Mir ist zwar an meinem Handtuch heute früh etwas aufgefallen, wie ich mir mein Gesicht gewaschen hab'. Aber Sie wissen doch, eine Hand wäscht die andere, wie das Sprichwort sagt. Der Graf ist nämlich ein Geschäftsfreund von mir. Der streckt mir manchmal Kapital fast zinslos vor, den darf ich keinesfalls durch eine leichtfertige Bemerkung kränken. Ich ruf ihn mal her und lad' ihn zu einem Kaffee ein. Das erhält die Freundschaft.

Frau P e r z l:

Da verabschiede ich mich jetzt lieber. Angenehmen Tag wünsch' ich Ihnen!

K o b l e r:

Auf Wiedersehn bis heute Abend, Frau Perzl.

He, Blanquez, hock dich her!

G r a f B l a n q u e z:

Ich hab' schon g'hört, dass du den alten Karren verkauft hast. Man gratuliert! Wie hast du denn das fertig gebracht? Da hat doch der Motor schon mehr geholpert wie das Getriebe und die Achsenlager!

K o b l e r :
Als gelerntem Autoverkäufer ist mir das nicht schwer gefallen. Ich hab´ den Wagen auf Hochglanz poliert und soviel Motor- und Getriebeöl eing´füllt, bis es übergelaufen ist. Dann hab´ ich mit dem Interessenten, einem Rosenheimer Käsehändler, eine ganz kommode Probefahrt die Leopoldstraße entlang gemacht, dass ihm die Augen vor lauter Kaufgier ganz wässrig geworden sind. Darauf hab´ ich ganz sentimental die roten Ledersitze g´streichelt und g´sagt, dass ich mich von diesem Einzelstück, das schon eine berühmte königliche Hofopernsängerin gesteuert hat, schon aus privater Anhänglichkeit kaum trennen könnt´. Da hat der Mann gar nimmer lang g´handelt und hat mir 900 Reichsmark bar in meine Hand hinein gedrückt, hat dankschön g´sagt und ist winkend davongestoben.

G r a f B l a n q u e z :
Da hast du fei Glück gehabt. Ich hätte gedacht, dass du beim Schrotthändler für die Kiste noch etwas zahlen musst! Hast´ keine Angst, dass dir dieser Kaserer den Rosthaufen wieder zurückbringt, wenn er ihn daheim genauer anschaut.

Das Telefon läutet, der Ober winkt Herrn Kobler herbei.

K o b l e r :
Diese Gefahr ist schon überstanden, Graf. Gerade hat er noch ganz außer Atem angerufen, dass er zuerst einen Platten g´fahrn hätt´ und das Reserverad montieren hätt´ müssen, dann hätt´ der Ventilator so komisch gezwitschert, und in einer Haarnadelkurve am Ortseingang von Rosenheim hätt´ er plötzlich wegen Wildwechsels bremsen müssen, aber weil nichts gegriffen hat, hat es ihn aus der Kurve hinausgetragen und überschlagen. Das Kabrio wär´ jetzt nur noch ein Blechhaufen, und er sei heilfroh, dass er noch auf Erden weile. Dann hat er noch g´meint, dass das nächste Telefonat nimmer er selber, sondern nur noch sein Rechtsanwalt führen würde. Gott sei Dank hab´ ich einen Zeugen zu meinen Gunsten. Der hat g´hört, wie ich dem Käsemensch g´sagt hab´, „gekauft wie besehen und probegefahren" und dass wir daraufhin eing´schlagn haben. Einen schriftlichen Kaufvertrag hat der dicke Mops gar nicht gewollt, da kann mir überhaupt nichts passieren. Bei mir hat der Wagen noch gut funktioniert. Da ist der schon selber schuld, wenn er keine Kurven erwischt und nicht behutsam bremst.

Graf Blanquez:
Ja dann, wenn du dir da so sicher bist, was machst du dann mit deinen neuen Reichtümern?
Kobler:
Ich denke an Urlaub und an eine große Reise, so zum Beispiel zur Weltausstellung nach Barcelona!
Graf Blanquez:
Das ist wirklich eine großartige Idee, Alfons! Da steigst du dann in einem Luxushotel ab, das du dir jetzt leicht leisten kannst, quatscht eine schöne, reiche Dame an – du hast ja ein gutes Auftreten –, schleppst sie ab in deine Luxussuite, und wenn du ihr noch einige Tage den Hof machst, wartet sie auf deinen Heiratsantrag, und du bist dein Lebtag ein gemachter Mann. Dann kannst von jetzt an tout jour in Saus und Braus leben und musst nie wieder Gebrauchtwagen verhökern!
Denk' dir, wie raffiniert es der lange Kammerlocher, du weißt schon, der Kadettaspirant, ang'stellt hat. Der ist bloß mit 200 Schilling in der Tasche nach Meran gefahren, hat sich im Grandhotel einlogiert, hat dort an der Bar noch am selben Abend eine schwerreiche ˋÄgypterinˊ mit zwei richtige große Pyramiden auf der Brust kennengelernt, hat sie sofort kompromittiert und nach vier Wochen geheiratet. Und jetzt gehört ihm halb Ägypten. Dieser Striezi, früher war er pervers, als Narziss hat er sich g'fühlt, hat Seidenstrümpfe angezogen und sich verliebt im Spiegel ang'schaut! Und jetzt macht der solch eine Partie!
Kobler:
Das wundert mich nicht, dass der so groß herausgekommen ist, Blanquez. Dir ist doch selber schon aufgefallen, dass viele Weiber auf Schwule eher ansprechen als auf ein richtiges Mannsbild. Bei so einem glauben sie, immer Oberwasser zu behalten, während sie bei einem maskulinen Pfundskerl halt mit der traditionellen Frauenrolle vorlieb nehmen müssen.
Graf Blanquez:
Das ist bei dir anders, Kobler. Das sage ich dir ganz neidlos. Du siehst blendend aus, hast Kultur und du kannst schmeicheln. Du fällst auch nicht gleich mit der Tür ins Haus. Das mögen die Damen. Was dem Kammerlocher mit seinem Dusel in den Schoß gefallen ist, das schaffst du leicht mit a bisserl List und Charme!

K o b l e r:
Das ist nett von dir, Graf, dass du mir so viel Rückenwind gibst. Das stärkt mein Ego. Da fühl' ich mich direkt gebauchpinselt. Bestimmt findet sich zurzeit nirgends so eine Masse `Ägypterinnen' auf einen Haufen wie in Barcelona. Da gibt sich doch die gesamte Hautevolee ihr Stell-Dich-Ein. Da fahr ich gleich morgen hin. Und selbst wenn ich keine Millionärin abschleppen kann, lern' ich fürs Autoverkaufswesen eine Menge dazu. Schließlich sind da die weltweit neuesten Prototypen vertreten. Servus, Graf, ich schreib' dir eine Ansichtskarte!
Gerade als Blanquez den Schelling-Salon verlassen hat, tritt Anna Pollinger ein.
K o b l e r:
Ja, wen sieht man denn da mal wieder, die Anna Pollinger, wie geht's dir, altes Mädchen?
A n n a:
Da hast' gar nicht so Unrecht, Alfons. Jeden Tag werden wir um 24 Stunden älter, das geht dir zum Glück genauso wie mir. Was schaust du denn gar so verzückt, vielleicht gar wegen mir? Ich tät mich schon einmal wieder zu einem Kabriolett-Ausflug ins Grüne überreden lassen.
K o b l e r:
Den Wagen hab' ich erst gestern verkauft, liebe Anna, jetzt fahr' ich eine zeitlang mit der Bahn und zwar gleich bis nach Barcelona zur Weltausstellung.
A n n a:
Da würd' ich auch gern hinreisen!
K o b l e r:
Warum tust du's dann nicht?
A n n a:
Frag nicht so dumm, so leicht wie du kann ich mich halt nicht durchs Leben schlagen!

(Gesang im Ton einer Moritat)
Das Märchen von der A n n a P o l l i n g e r:
Es war einmal ein Fräulein,
das fiel nicht b'sonders auf,
meistens blieb es allein,

doch manchmal stieg es auf ein Motorrad nauf.
Im Wald machten es die Fahrer umgekehrt,
die Anna fand dies nicht verkehrt.
Sie wusste,
dass Leistung mit Gegenleistung bezahlt werden musste.

So wurde sie gegen das Leben abgestumpft,
sie nahm alles hin wider alle Vernunft.
Sie war halt nur eine kleine Tippse in einem Kontor,
die Männer kamen sich daher so gönnerhaft vor.
Die Burschen gaben sich sonntags monetär
und die Sozia verhielt sich nicht zölibatär.
Einmal ist ihr mit einem ein Malheur passiert,
das hat der Kerl dann auf einer Bergtour repariert.
„Hüpfst du behände auf dem Anger,
bist du nicht mehr lange schwanger",
diese Kur empfahl jener krumme Hund,
seither blieb Anna blass und ungesund.
Es lebt sich´s schwer zur Zeit der Inflation,
wer arm ist, wird auch noch missbraucht,
so dass es ihn zusammenstaucht,
doch wen kümmert das schon?

2. Akt – Politik und Eros

K o b l e r hat sich eine Fahrkarte gekauft und sitzt nun im Zug von München über Garmisch, Mittenwald, Bozen, Verona, Mailand, Nizza und Marseille nach Barcelona.

In seinem Abteil befinden sich drei weitere Fahrgäste: der Ziegeleibesitzer T h i- m o t e u s B s c h o r r und ein H o t e l i e r, beide aus Garmisch, und ein ehemaliger L e h r e r, der sich jetzt als Vertreter verdingt. B s c h o r r und der H o t e l i e r steigen in Garmisch aus, der Ex-L e h r e r verlässt in Bozen den Zug, wo ein deutsch-italienischer S c h a f f n e r die Fahrkarten kontrolliert. Dort kommt ein H e r r aus W e i m a r ins Abteil. In Verona gesellt sich der Redakteur R u d o l f S c h m i t z zu K o b l e r. Im Hafen von Marseille treffen die beiden auf eine deutsche P r o s t i t u i e r t e. Im Marseiller Bahnhof lernen die beiden die schöne R i g m o r kennen, die wie sie zur Weltausstellung fährt.

B s c h o r r und H o t e l i e r:
Grüß Gott, der Herr! Sie erlauben, dass wir bei Ihnen Platz nehmen?

K o b l e r:
Bitteschön, hier ist sogar noch ein Fensterplatz frei!

L e h r e r:
Guten Tag, die Herren! Kann ich mich zu Ihnen setzen? In den anderen Abteilen ist es schon so voll.

K o b l e r:
Freilich, ich habe gern eine größere, angenehme Reisegesellschaft!

Kobler hat ein Spanisch-Wörterbuch in der Hand. Bschorr trägt eine zerlesene Tageszeitung mit sich.

B s c h o r r:
Ich will Sie ja nicht mit Politik belästigen, aber was ich in der heutigen Tageszeitung lese, das kommt mir unverständlich vor. Da steht etwas von einem Deutschen, der sagt, er wäre stolz, dass er ein Deutscher sei; denn wenn er nicht stolz wäre, würde er ja trotzdem nur ein Deutscher sein, also sei er natürlich stolz, dass er ein Deutscher wäre. Ein solcher Deutscher sei dann kein Deutscher mehr, sondern ein Asphaltdeutscher!

Allgemeines Gemurmel und Kopfschütteln.

K o b l e r *halblaut, den Blick in ein Wörterbuch gerichtet:*
Tengo hambre y ced – ich bin hungrig. Cómo saber en kasteljano?

B s c h o r r:
Was lesen´S denn da Ausländisches?
K o b l e r:
Ich lern´ Spanisch, weil ich jetzt nach Barcelona fahr´.
B s c h o r r:
Sie fahr´n also dann nach Italien?
K o b l e r:
Barcelona liegt bekanntlich in Spanien.
B s c h o r r:
Bekanntlich ist das gar nicht! Ich hätt´ g´schworn, dass dieses Barcelona in Italien beheimatet ist.
K o b l e r:
Durch Italien muss ich lediglich durchfahren, damit ich letztlich nach Spanien komme.
B s c h o r r:
Was machen´S nachher in Madrid?
K o b l e r:
Die spanische Hauptstadt werde ich links liegen lassen. Ich möchte mir nur das Ausland anschauen!
H o t e l i e r:
Ein Deutscher sollte in diesen wirtschaftlich depressiven Zeiten sein sauer erworbenes Geld unter keinen Umständen ins Ausland tragen!
K o b l e r:
Spanien war doch im Krieg neutral und ist uns auch heute freundlich gesinnt.
B s c h o r r:
Uns ist überhaupt kein Ausländer wohl gesonnen. Das wär´ sonst wie ein Wunder.
H o t e l i e r:
Ich wiederhole, sie sollten Ihre guten Reichsmark nicht in der Fremde verpulvern! Ein guter Deutscher gibt sein Geld in der Heimat aus! Bei uns übervorteilt Sie keiner, und im Ausland werden´S nicht nur betrogen, sondern vielleicht sogar bestohlen und ausgeraubt. Wenn es schlimm kommt, dann kehren Sie überhaupt nicht mehr lebend wieder! Es ist sehr waghalsig von Ihnen zu diesen heißblütigen Südländern zu fahren. Überhaupt ist dort alles viel teuer als bei uns, selbst wenn man Sie nicht bescheißt - was ich für unwahrscheinlich

halte. Machen´S doch einen komfortablen, preisgünstigen Inlandsurlaub. Ich hab´ zum Beispiel ein gemütliches Hotel in Garmisch, da kann ich Ihnen sogar einen Sonderpreis einräumen, wenn Sie mindestens für eine Woche bleiben. Noch billiger wird´s, wenn Sie Ihr Frühstück selber beim Bäcker einnehmen. Mit unserer exzellenten Infrastruktur kann kein Ausland mithalten. Denken´S auch an die unvergleichlich schönen Berggipfel, auf die Sie hinaufwandern und bald sogar hinauffahren können!

K o b l e r :

Danke für Ihr sicher uneigennütziges Angebot! Aber ich muss zur Weltausstellung nach Barcelona. Ich möchte mich bei dieser einmaligen Gelegenheit über die neuesten technischen Fortschritte informieren. Überhaupt wollen wir jüngeren deutschen Handelsleute durch Anknüpfen von internationalen Beziehungen zum wohl gesonnenen Ausland für die nötigen positiven Bilanzen sorgen! Selbstverständlich tut dies unserer nationalen Ehre keinen Abbruch!

B s c h o r r :

Auch ich halte das für würdelos, was Sie da im Begriff sind zu tun. In der heutigen Zeit ist es ein Verstoß gegen unsere deutsche Solidarität, wenn ein Geschäfts- oder Privatmann seine Devisen dem heruntergekommenen Ausland zum Fraß hinwirft.

L e h r e r :

Gestatten Sie, dass ich etwas zu Ihrem Gespräch beitrage, wenn wir hier schon so eng beieinander sitzen. Ich denke, dass alle Völker aufeinander angewiesen sind. So wie es auch im Inland ist. Die Bayern profitieren doch viel vom Fremdenverkehr durch die Preußen!

B s c h o r r :

Sie, gelln´S! Wenn Sie uns Bayern schlecht machen! Wir Bayern sind überhaupt auf niemanden angewiesen! Mei Ziegelei existiert seit Jahrzehnten ohne jeden Preußen. Sollen doch die Schnapspreußen in die teure Schweiz fahren! Am liebsten sind mir sowieso solche Urlauber, die keine Hungerleider sind und nicht jede Reichsmark zweimal umdrehn, bevor sie´s ausgeben! Mir langt´s schon lang von dieser preußischen Regierung in Berlin. Die hat ja dafür gesorgt, dass uns das Finanzamt immer höhere Steuern abknöpft. Der Mittelstand, der geht zugrund´! Und wofür geben diese Bazi die Einnahmen aus? Dafür, dass sich heutzutage jeder Hilfsarbeiter schon dicke

Sechspfennig-Zigarren leisten kann. Da sag´ ich nur, allesamt Lumpen sind´s, diese Berliner Minister!

H o t e l i e r:

Jawohl, dem kann ich nur beipflichten!

Lautsprecher: Hier Garmisch-Partenkirchen. Fünf Minuten Aufenthalt bis zur Weiterfahrt nach Innsbruck über Scharnitz, Mittenwald und Seefeld. Droschkendienst zum Transport in die Garmischer Hotels am Bahnhofsvorplatz. Eilig verlassen B s c h o r r und der H o t e l i e r das Abteil, barsch nickend.

L e h r e r:

Das waren aber ungehobelte Zeitgenossen!

K o b l e r:

Ja, in Bayern gibt es halt viele Leute vom Verein für deutliche Aussprache! Rau und unherzlich!

L e h r e r:

Ja, schroff sind die Bayern, genauso wie ihre Obrigkeit auch! Ich war ein ganz unauffälliger katholischer Grundschullehrer in einem oberbayerischen Dorf. Dort fand ich Kontakt zur Familie des evangelischen Kirchenorganisten. Dessen Tochter gefiel mir sehr und wir heirateten. Mit diesem Glück begann gleichzeitig mein Unglück. Wegen des bayerischen Konkordates war ich plötzlich an meiner katholischen Konfessionsschule nicht mehr tragbar, und ich wurde entlassen. Jetzt muss ich Frau und drei Kinder von meinen sehr bescheidenen und dazu noch unregelmäßigen Einnahmen als Zahnpasta-Vertreter ernähren. Ich fahre gerade nach Bozen, um wieder einen Koffer Ware abzuholen. Dafür wird übrigens keine Arbeitszeit angerechnet, ich bekomme nur Stückhonorar. Oft überlege ich mir, ob ich nicht evangelisch werden soll, damit ich wieder unterrichten kann. Aber die nächste evangelische Konfessionsschule liegt auf unterfränkischem Gebiet, da müsste ich jeden Tag 50 Km fahren. Meine Frau kann zum Glück gut stricken, da verdient sie etwas dazu, so dass wir nicht verhungern werden.

(Beide schweigen. Dann deutet der Ex-Lehrer hinaus)

Da sehen Sie das herrliche Gebirgspanorama, um das uns die Norddeutschen so beneiden! Ich habe neulich gelesen, dass die Bauten für die Zugspitzbahnen schon vier Dutzend Arbeitern das Leben gekostet haben.

K o b l e r :

Die Zugspitze kenn´ ich. Bei weiblichen Autokäufern hab´ ich nämlich die Probefahrten immer etwas ausgedehnt. Mein Chef hat mir das sehr kleinlich vorgehalten und mir sogar unterstellt - weil es meistens zu keinem Geschäftsabschluss gekommen ist -, dass ich mit Damen aus dem horizontalen Gewerbe kostenlose Lustreisen gemacht hätte. So kam es bei mir auf Grund unbewiesener Vorurteile zur Kündigung. Daher bin ich jetzt wie Sie quasi ein Selbständiger. Weil ich bei meiner ersten Transaktion aber ordentlich verdient hab´, gönn´ ich mir jetzt die Reise zur Weltausstellung. Dieses Projekt hat übrigens Zig-Millionen verschlungen.

L e h r e r :

Die österreichische Schwebebahn gibt es ja schon einige Jahre, aber seit dem Inflationsjahr wollen die Bayern mit einer rein bayerischen Zahnradbahn nachziehen. Dann kann man direkt vom Garmischer Bahnhof aus auf den höchsten Berg Deutschlands hochfahren.

K o b l e r :

Das wird Touristen anlocken, und unser Herr Hotelbesitzer wird sich die Hände reiben. Zu den Olympischen Winterspielen 1936 werden viele Ausländer anreisen. Da müssen wir schon technische Höchstleistungen präsentieren!

L e h r e r :

Mir tun diejenigen Arbeiter Leid, die beim Tunnelbau draufgehen werden. Das lässt sich bei solchen gefährlichen Sprengarbeiten und den ungenügenden Sicherungsmaßnahmen nicht vermeiden.

K o b l e r :

Ich habe von dieser Befürchtung auch schon gehört. Aber Sie wissen ja, wo gehobelt wird, da fallen Späne. Die Welt soll schon sehen, dass wir auf allen Gebieten die Nase vorn haben. Eine meiner weiblichen Bekannten hat mir übrigens erzählt, dass die genannten Zahlen über Bergbahnopfer reine Erfindungen der Arbeiterklasse wären, damit diese einen höheren Tariflohn herausschinden kann.

L e h r e r :

Ich nehme an, dass es sich bei dieser Dame um die zwar hübsche, aber recht unwissende Tochter eines hoch vermögenden Aufsichtsrates der Zugspitzbahn-AG handelt.

K o b l e r :

Über so einen Hintergrund habe ich noch gar nicht nachgedacht! Damals erschien mir die Erklärung meiner Begleiterin durchaus einleuchtend. Überhaupt haben es Damen nicht so gern, wenn man Ihnen jedes politische Wort auf die Goldwaage legt.

L e h r e r :

Da können sie Recht haben. Aber wir Lehrer sind halt verkappte Idealisten und wollen immer die Wahrheit ans Licht zerren. Und die findet man, wenn man sich fragt, aus welchem Interesse heraus einer etwas sagt.

Meiner Uhrzeit nach sind wir bald in Bozen. Da muss ich raus. Eine schöne Fahrt zur Weltausstellung wünsche ich Ihnen weiterhin!

Der Zug hält, der Ex-L e h r e r steigt aus. Der S c h a f f n e r kommt herein.

S c h a f f n e r :

Ihre Fahrkarten bitte! Halten Sie auch die Pässe für die Zollkontrolle bereit!

K o b l e r :

Herr Schaffner, da draußen sehe ich eine große Tafel, auf der `Latrina´ steht. Hat Bozen diesen Ort denn eingemeindet?

S c h a f f n e r :

Wollen Sie mich auf den Arm nehmen? Seit es hier nicht mehr das alte Südtirol gibt, müssen Sie sich schon an italienische Wörter gewöhnen! `Latrina´ bedeutet einfach `Bahnhofstoilette´. Viele Ortsbezeichnungen haben die Italiener nach dem Sinn übersetzt. An die nicht deutbaren Begriffe haben sie häufig bloß ein `O´ angehängt. Sie können das bei Bolzano oder Tabacco feststellen.

K o b l e r :

Das klingt sehr musikalisch. Am liebsten würde ich auch Koblero heißen.

S c h a f f n e r :

Wenn ich Ihnen einen guten Rat geben darf, seien Sie ab jetzt sehr bedacht mit politischen Bemerkungen! Die italienischen Faschisten setzen in jeden Zug einen Spitzel, der sich umhört, ob deutsche oder österreichische Reisende etwas Abfälliges über die Regierung sagen. Wenn die etwas Despektierliches vernehmen, dann werden Sie sofort verhaftet!

K o b l e r:
Gewisse Tatsachen wird man doch noch aussprechen dürfen, besonders wenn diese ohnehin in der Zeitung stehen! Zum Beispiel haben die Italiener neulich einen Tunnel bei Sterzing bauen wollen, und sie haben von zwei Seiten gleichzeitig gebohrt. Selbst nach drei Versuchen trafen die Bohrlöcher nicht aufeinander. Erst als sie dann endlich unsere gut qualifizierten reichsdeutschen Ingenieure engagiert haben, hat es funktioniert!

S c h a f f n e r:
Unterschätzen Sie die Italiener trotzdem nicht. In Italien gibt es 50 mal so viele Tunnels wie ihr in Deutschland habt!
Wir werden in zwei Stunden Verona erreichen, dort müssen wir in den Schnellzug Venedig-Mailand umsteigen. Weiterhin gute Fahrt!
Ein äußerlich vornehmer Herr ist eingestiegen, sucht lange nach einem geeigneten Platz und setzt sich zu K o b l e r.

H e r r:
Sie gestatten, dass ich mich zu Ihnen setze?

K o b l e r:
Bitteschön, ich bin froh, wenn ich bei meiner weiten Reise ab und zu eine Ansprache habe. Vom Panorama werde ich auch nicht satt.

H e r r:
Das haben Sie treffend gesagt! Ich fahre oft und gern von meinem Wohnsitz in der Goethe-Stadt Weimar aus nach Italien, weil ich für die Renaissance-Kunst schwärme. Venedig, Florenz, Rom und Neapel sind meine bevorzugten Ziele. Die Landschaft interessiert mich auch nicht, ich halte mich hauptsächlich im Speisewagen auf. Die Gegend wirkt sowieso viel schöner, wenn man etwas Gutes tafelt. Ich fahre seit Jahren immer wieder nach Süditalien in den Urlaub, und ich erfreue mich an den preiswerten und wohlschmeckenden Nudelgerichten aller Art.

K o b l e r: Da läuft einem ja das Wasser im Munde zusammen, wie Sie davon schwärmen! Nach dem Umsteigen werde ich auch sofort den Speisewagen unseres D-Zuges aufsuchen. Mit Kunstkenntnissen kann ich leider nicht dienen. Ich verstehe höchstens etwas von der Lebenskunst! Die heutigen Renaissance-Formen bei jüngeren Damen gefallen mir sehr, da wäre ich manchmal am liebsten Akt-Maler.

H e r r :
Ich könnte mit einem Pinsel gar nichts anfangen. Meine Kenntnisse
habe ich mir aus verschiedenen Büchern angelesen, weil ich für die
Kunst das Arbeitsleben immer etwas zurückgestellt habe.
Übrigens, diese niedrigen Preise fürs Essen, Trinken und Bedienung
können die Italiener nur halten, weil sie selber sehr genügsam sind.
Meine Ideale sind der Apulier und der Kalabrese; Menschen, wie sie
der Tizian, Raphael oder Tintoretto vor 400 Jahren gemalt haben! Die
Süditaliener sonnen sich den ganzen Tag am Strand oder in ihren
Fischerkähnen, dann trinken sie ihr Leitungswasser zur einfachen
Pasta. An solchen beherrschten Leuten sollte sich einmal der
unzufriedene deutsche Arbeiter ein Beispiel nehmen! Der Italiener ist
genügsam und singt gern lustige Lieder. Leider hört man bei uns nur
noch Revolutionslieder! Das wird nicht gut gehen! Der Neid und
dieses Haben-Wollen richten unseren Staat noch zugrunde, falls dem
Treiben niemand Einhalt gebietet!
K o b l e r :
Gewiss, ohne Disziplin geht es nicht! Aber alles mit dem Militär
reglementieren, klappt doch auch nicht. Am besten wäre es, wenn jede
Gesellschaftsklasse nur das wollen würde, was ihr zusteht. Jede
Gruppe muss etwas verdienen, damit sie auch etwas ausgeben kann.
Ich in der Automobilbranche wäre froh, wenn sich der Arbeiter
wenigstens einmal im Leben einen gebrauchten Wagen leisten könnte.
Die Millionäre als Neuwagenkäufer sind leider dünn gesät. Da liegt
die Wirtschaft brach.
H e r r :
O wie wahr! Wenn nur endlich die Dividenden meiner Aktienpakete
steigen würden, dann würde ich mir gerne wieder ein schönes großes
Auto zulegen.
Nach Barcelona fahren Sie? Da war ich schon vor 10 Jahren. Dort
kann man herrlichen Traditionen begegnen. Denken Sie doch nur an
den Stierkampf und diese stolze Grandezza eines Toreros. Da gibt es
noch wahren Männeradel und Edelmut! Dieses zupackende
konservative Element geht uns Deutschen zurzeit ab. Die
Traditionellen müssten sich international zusammenschließen! Stellen
sie sich vor, wie die vereinten spanischen, französischen und
deutschen Konservativen diese heruntergekommene Weimarer

Republik züchtigen könnten! Uns fehlt im Augenblick jedoch diese große militärische Macht, wie sie Frankreich hat. Mit solch einem starken Staat könnte man die unzufriedenen Arbeiter dann glatt an die Wand stellen. Werktätige hätten wir trotzdem bald wieder genug, wenn wir die gänzlich anspruchslosen Kulis aus China importierten, die kommen mit einer Handvoll Reis täglich aus!

K o b l e r:
So weltpolitisch habe ich die Dinge bisher nicht wahrgenommen! Dies ist meine erste größere Auslandsreise. Meinen Sie nicht, dass Sie ein bisschen zu radikal sind? Ich denk´ mir, dass mir so ein Chines´ nie ein gebrauchtes Auto abkaufen tät´. Und im Rikschahandel möcht´ ich mich wirklich nicht versuchen! Also dann, auf Wiedersehen, ich muss mir mal die Beine vertreten.

K o b l e r geht zum Speisewagen, der Herr macht sich zum Aussteigen fertig. Als K o b l e r nach dem Halt in Verona umgestiegen ist, findet er in seinem Abteil einen neuen Fahrgast vor.

S c h m i t z:
Hoffentlich störe ich Sie nicht, werter Herr. Ich habe das Abteil für leer gehalten und zunächst Ihren Koffer im Gepäcknetz übersehen.

K o b l e r:
Ganz im Gegenteil, ich fühle mich selten gestört, nur ausnahmsweise! Bloß mein ein letzter Gesprächspartner, ein angeblicher Kunstkenner, war etwas anstrengend.

S c h m i t z:
Sie erlauben, dass ich mich vorstelle: Rudolf Schmitz, Redakteur mehrerer Zeitungen zu Wien!

K o b l e r:
Freut mich! Alfons Kobler, Verkäufer mehrer Autotypen zu München!

S c h m i t z:
Fahren Sie nur nach Mailand oder noch weiter, wenn ich fragen darf?

K o b l e r:
Sie dürfen! Ich reise zur Weltausstellung nach Barcelona!

S c h m i t z:
Welch ein erfreulicher Zufall! Genau dahin will ich auch!

Aber ich überlege mir noch, ob ich eventuell in Marseille eine Fahrtunterbrechung einlege, weil diese Stadt völkerkundlich gerade für ledige Männer so interessante Einblicke bietet.

K o b l e r:

Davon habe ich auch schon gehört, dieses Marseille muss ja eine grandiose Hurenstadt sein! Die ankommenden Seeleute haben nach langen Abstinenzen doch einige Bedürfnisse. Das zieht dann natürlich Nutten aus aller Herren Länder und in allen Farben an! Aber man hat als aufgeklärter Mensch auch wieder seine Bedenken, dass sich solche Abenteuer für unsereinen nicht rentieren, Sie wissen schon!

S c h m i t z:

Da kann man vorsorgen! Sonst gäbe es ja nur noch schwangere Prostituierte und kranke Matrosen!

Doch wir Männer von jenseits der Alpen haben ohnehin primär geistige Interessen! Ich zum Beispiel habe gerade ein philosophisches Buch vollendet. Da geht es um Zufall oder Metaphysik. Ich habe mich dafür entschieden, dass das Organisieren, Planen und Denken nur typisch menschliche Eigenschaften sind. Der schiere Zufall aber, der ist göttlich! Die reine Sinnlosigkeit, die definiere ich als Offenbarung!

K o b l e r:

Das erscheint mir alles sehr hochfliegend – nennen Sie mir doch ein Beispiel!

S c h m i t z:

Freilich, Sie brauchen doch nur in Italien aus dem Zugfenster schauen. Die Menschen ergreifen Maßnahmen, die sie irrtümlich für richtig halten. Die italienischen Faschisten bauen zu Hunderten neue Kasernen, wie Sie gewiss am Brenner gesehen haben, und heuern täglich tausende von Schwarzhemden und Spitzeln an. Und wofür? Sie reden von prophylaktischer Landesverteidigung, wollen aber den Krieg selber!

K o b l e r:

Gegen wen denn?

S c h m i t z:

Gegen jeden natürlich! Der Krieg ist ja bekanntlich ein pädagogisches Problem, wie die Revolution auch ein pädagogisches Problem darstellt. Sogar die Pädagogik ist ein revolutionäres Problem. Aber kann denn der Faschismus sich überhaupt als Revolution ausgeben? Alles läuft doch wieder auf den puren Egoismus hinaus!

K o b l e r:

Ich halt sowieso nichts von Revolution, obwohl ich der Ansicht bin, dass es jedem Menschen besser gehen sollte. Aber die Anführer von solchen faschistischen Revolutionen wirtschaften den Staat doch bloß herunter, weil keiner ein Kaufmann ist!

S c h m i t z:

Kaufleute brauchen aber Werte wie Ehrlichkeit und Offenheit! Erst dann können sie den gesellschaftlichen Zenit erreichen. Aber dann geht es schon wieder gemäß der weltgeschichtlichen Bewegung wieder bergab, bis eine bessere Gesellschaftsschicht heraufdämmert. Die Evolution verläuft nämlich nicht kreisförmig, sondern ellipsoid.

K o b l e r:

Welche Gesellschaftsschicht denn? Ich sehe da keine, die in den Startblöcken kauert?

S c h m i t z:

Doch, das Proletariat! Von den Kaufleuten hat nämlich schon Alexander der Große nichts gehalten. Damit will ich nichts gegen die Geschäftsleute gesagt haben. In den heutigen schlechten Zeiten ist es doch jedem Selbständigen möglich, sich zum Proletarier weiterzuentwickeln!

Kommen´ S mit in den Speisewagen, da können wir zu unserer Unterhaltung einen Chianti trinken. Sie wissen doch, das ist der Wein mit dem Stroh unten herum. Sie sind doch kein Abstinenzler?

K o b l e r:

Bestimmt nicht! Ich kann sehr viel saufen, sogar durcheinander!

Sie gehen zum Speisewagen, wo sie vom S c h a f f n e r bedient werden.

S c h m i t z:

Herr Ober, was können Sie uns zum Trinken empfehlen?

S c h a f f n e r:

Ich kann Ihnen unseren ausgezeichneten Chianti anbieten!

Da Sie aus Deutschland kommen, muss ich Ihnen eine Geschichte erzählen. Kürzlich kam ich mit Deutschen aus Russland zu reden, so genannten Emigranten. Die mussten vor der Oktoberrevolution fliehen, weil sie plötzlich arbeiten sollten, obwohl sie das nie gelernt haben. Die ließen dann ihren gesamten Besitz in Petersburg zurück und kamen nach Berlin mit nichts außer ihren Hermelinmänteln am Leibe. Erst nach langem Suchen konnten sie sich am Gardasee ein Hotel kaufen, von dem sie jetzt leben müssen! Die wollten, dass ich bei ihnen den Chefkellner mache, doch ich bleibe lieber Staatsbeamter. (*Geht ab*)

K o b l e r:
Merken Sie, wie hinterkünftig dieser Schaffner-Ober ist? Der redet nur scheinbar positiv von den Deutschen. Wahrscheinlich fungiert er in diesem Zug als Spitzel der italienischen Faschisten!
Ich selber bin bis zum Hitlerputsch politisch rechts gestanden, jetzt befinde ich mich in der Mitte, obwohl ich nicht gerade Pazifist bin. Mein Bruder Alois ist nämlich auf dem Felde der Ehre gefallen.

S c h m i t z:
Mein Mitgefühl, lieber Reisegenosse! Am besten wäre es, wenn man den Krieg grundsätzlich abschaffen würde!
Mein schlechter Gesundheitszustand hat gewiss etwas mit der Angst vor einem zweiten Weltkrieg zu tun, aber ich bin mir nicht sicher. Vielleicht ist es nur das Bedürfnis nach einer richtigen Heimat oder einem Frauenzimmer! Mein Arzt meint, es läge nur an meiner schlechten Verdauung, aber wann finden die Ärzte denn eine richtige Diagnose?
Neuerdings vernachlässigt sogar die gehobene Literatur das Todesmotiv. Alle wollen halt nur noch leben.

K o b l e r:
Das kann man niemand verübeln. Ich zum Beispiel mag seit zehn Jahren keinen Friedhof mehr sehen. Ich bin etwas verhärtet. „Hin ist hin", sage ich jetzt.
Als so genannter Mittelständler verspreche ich mir viel von der NSDAP, weil die Linken doch nichts zuwege bringen, außer dass sie eine überflüssige Revolution machen und dann alles herunterwirtschaften. Man weiß auch nie, ob unsere Sozis sogar schon ihre Fühler zu den Sowjet-Marxisten ausstrecken. Das muss man wenigstens von den Deutschnationalen nicht befürchten. Die können einen Krieg wegen der großen Rüstungsanstrengungen verhindern. Der Feind muss Respekt haben und rechtzeitig in die Schranken verwiesen werden!

S c h m i t z:
Wissen sie, warum es in Deutschland Leute gibt, die wieder auf einen Krieg zusteuern? Die können sich einfach nicht daran gewöhnen, dass die Kolonien verloren gegangen sind. Ich befürchte, dass der nächste Krieg noch schauerlicher wird als der letzte mit seinen 20 Millionen Toten - die Krüppel nicht gerechnet. Die Deutschen können aber die verlorenen Gebiete kampflos wieder kriegen. Wir Österreicher hätten auch etwas davon. Wir alle würden profitieren von der Heiligen Allianz, das heißt vom Völkerbund! Napoleon ist gleich Stalin!

K o b l e r:
Da kann ich jetzt nicht mehr folgen!

S c h m i t z:
Aber Sie haben doch einen kaufmännischen Verstand! Warum sollen sich denn die europäischen großbürgerlichen Nationen noch einmal bekriegen, wo sie doch andere Länder auf die kaufmännisch-friedliche Art viel leichter ausbeuten können? Wir müssen schon deshalb einen dicken Strich unter unsere Vergangenheit ziehen, weil uns sonst die Vereinigten Staaten von Nordamerika zu ihrem Mandatsgebiet erklären werden. Alle diese schikanösen Zoll- und Passschranken in Europa müssten sofort abgebaut werden. Nur vereint können wir uns wehren und die primitiven Völker neu beherrschen!

K o b l e r:
Von einem höheren Standpunkt aus mögen Sie Recht haben. Aber Sie übersehen das natürliche Misstrauen unter den europäischen Völkern. Jedes Land geht doch von sich aus und hält deshalb das andere für den noch größeren Gauner!

S c h m i t z:
Ach, lieber Herr, es gibt doch überall anständige Menschen! Am klügsten ist es, wenn man durch persönlichen Einsatz demonstriert, dass die europäische Idee nichts Unrealistisches ist. Deshalb bin ich nicht zurückgeschreckt, als ich einmal die Gelegenheit hatte, mich in eine Polin zu verlieben. Auf diese Weise könnten sich die Völker auf lange Sicht wieder richtig verwandt fühlen.
Herr Schaffner-Ober, bitte noch eine Flasche Chianti!
Wenn ich über die schwierige Weltpolitik reflektiere, muss ich etwas trinken, sonst tut mir der Kopf weh vom Denken.

K o b l e r:

Was versteht man denn eigentlich unter dieser `Pan-Europa-Bewegung´? Über dieses Wort musste ich schon öfters meinen Kopf schütteln.

S c h m i t z:

Gerade in diesem politischen Fanal liegt doch die Lösung des Nationalstaaten-Problems! `Paneuropa´ bedeutet ganz einfach `Vereinigte Staaten von Europa´! Aber gefälligst ohne Großbritannien!

Kennen Sie übrigens meine Antikriegs-Novelle, fast wie Edgar Allan Poe, von dem Sie sicher schon gehört haben?

K o b l e r:

Nein, von beiden nie etwas vernommen! Ich kann aus Zeitmangel und von Berufs wegen nur wahre Begebenheiten lesen. Mit erfundenen Geschichten darf ich mich nicht aufhalten!

S c h m i t z:

Es gibt aber nichts Wahreres als die Literatur! Die angeblichen Tatsachen liefern nur die zurecht gebogene Wirklichkeit!

Manchmal, lieber Trinkgenosse, Prost, kann ich Ihre junge Generation nicht mehr verstehen. Ihre Aussagen sind ja direkt demotivierend, schal, dürftig und adionysisch in einem höheren Sinn! Wir haben damals noch den halben >Faust< ganz auswendig herunter sagen können. Diese Bildungs-Katastrophe wird noch in einer politischen Katastrophe münden!

Bitte noch eine Flasche Chianti, Herr Oberschaffner!

Die beiden Reisegefährten taumeln in ihren Wagen zurück und schlafen dort halb liegend ihren Rausch aus. Als sie erwachen, befindet sich der D-Zug kurz vor Nizza.

S c h m i t z:

Jetzt haben wir in unserem Dämmerschlaf fast die ganze italienische Riviera versäumt. Wir rasen schon auf Nizza zu.

Wissen Sie übrigens, dass die Italofaschisten sogar diese südfranzösische Stadt für sich beanspruchen? Die klauben sich diejenigen Landkarten aus dem geschichtlichen Fundus heraus, die für ihre imperialistischen Ansprüche am günstigsten sind! Auch Korsika wollen sie annektieren. Aus dem Bestreben nach Gebietserweiterung erklärt sich der Rüstungswahn Mussolinis. Wie wird da wohl die französische Demokratie mit ihrer europäischen Sendung reagieren?

Ich sage Ihnen, die wird dann ihrerseits aufrüsten! Wenn die Faschisten in Deutschland die Mehrheit bekommen, dann werden die rüstungsmäßig auch nicht zurückstehen wollen.

Holla, wir halten gleich in Marseille. Drei Stunden Aufenthalt! Da können wir einen Hafenbummel machen.

Kobler und Schmitz nehmen auf den Stühlen vor einem Hafencafé Platz.

P r o s t i t u i e r t e :

Entschuldigung, ist bei Ihnen noch ein Sitzplatz frei?

K o b l e r und S c h m i t z :

Bitteschön, sehr erfreut! Für Sie würden wir alles frei machen, selbst wenn es voll wäre!

P r o s t i t u i e r t e :

Zuviel der Ehre die Herren!

S c h m i t z :

Sie scheinen keine gebürtige Französin zu sein, kommen Sie etwa auch aus Deutschland? Dann wären Sie ein gutes Beispiel für Paneuropa, wenn Sie verstehen, was ich meine.

P r o s t i t u i e r t e :

Ich habe den Begriff schon einmal gehört. Ich bin sogar zweifach supranational: Erstens bin ich eine Deutsche, die in Frankreich arbeitet und sich oft in Italien erholt, zweitens habe ich gewerblich mit Männern aller Rassen und Nationen zu tun! Da hängt mir manchmal die Internationalität, gelinde gesagt, zum Hals heraus und ich wünsche mir dann einen einzigen deutschen Mann, zwei Kinderlein und ein Häuschen in der Heimat. Leider entwickelt sich nie ein längerer Kontakt mit einem braven Mann. Ich bin halt jetzt vorgeschädigt und kann nicht mehr so leicht aus meinem Beruf aussteigen.

K o b l e r :

Ich wage fast anzunehmen, dass Sie in einem sehr alten Gewerbe tätig sind, das man sogar horizontal ausüben kann.

P r o s t i t u i e r t e :

Ich bin es gewohnt, wenn jemand vor mir kein Blatt in den Mund nimmt, meistens muss ich sowieso ganz ohne Feigenblatt vor den Männern auftreten.

K o b l e r :

Aber man kann doch sagen, dass Ihr Beruf krisenfest und obendrein gut bezahlt ist. In dieser Geschäftssparte gibt es halt stets eine große

Nachfrage. Da kann kein anderer Industriezweig mithalten. Freilich braucht man eine gute körperliche Konstitution, woran es ihnen nicht ermangelt.

Prostituierte:

Meine Ausdauer habe ich von zu Hause mitbekommen. Nach der Schule konnte ich nur einen Arbeitsplatz in der Fabrik finden, das ist mir bald auf die Nerven gegangen. Ich wollte doch lieber mit Menschen zu tun haben. Ein Mann aus Fleisch und Blut ist eben doch etwas anderes als eine eiserne Maschine.

Schmitz:

Sie können so gut formulieren, meine Dame. Wenn Sie zusätzlich zu Ihren sonstigen Fähigkeiten Schreibmaschine beherrschten, würde ich Sie glatt als meine Sekretärin für das Roman-Abtippen engagieren. Bloß bezahlen könnte ich erst, wenn mein Buch ein Erfolg würde.

Prostituierte:

Nein, der Tippkunst bin ich nicht mächtig, und in Armut möchte ich nicht mehr leben. Ich bin schon froh, dass ich von keinem Mannsbild abhängig bin und in meiner Freizeit als Grande Dame auftreten kann. Guten Tag, die Herren! Besuchen Sie mich doch im Etablisment >Blue Moulin d´Amour<, wenn Sie in Marseille länger pausieren!
Die Prostituierte steht auf und schreitet hüftschwenkend davon.

Kobler:

Eine sehr anstellige Weibsperson. Die könnte einen eine zeitlang schon miternähren! Aber so etwas ist halt leider nichts Dauerhaftes. Wie solche Frauen die ersten Falten kriegen, verdienen sie kaum mehr etwas und eine Pension erhalten sie auch nicht, das heißt sie fallen ab vierzig dem Manne zur Last!

Schmitz:

Die Dame ist mehr als paneuropäisch, die ist sogar panmondial. Ich möchte übrigens auch nicht in dieses Milieu hinein heiraten. Das ganze Umfeld wäre mir zu gefährlich. Zum Luden eigne ich mich sowieso nicht!
Nach dem Halt in Marseille gesellt sich erneut eine aufgetakelte Dame mit hochwertiger Reisetasche zu den überraschten Reisegefährten. Kobler und Schmitz blicken fasziniert zur Abteiltür.

K o b l e r:
Ich kann es nicht fassen, Herr Schmitz! Das ist ja die von mir ersehnte `Ägypterin´!
S c h m i t z:
Ein prachtvolles Geschöpf, ich würde sie eher für eine Pariserin halten!
R i g m o r:
Entschuldigen Sie bitte, wenn ich mir erlaube Ihr Abteil zu betreten. Aber der Schaffner hat mir gesagt, dass bei Ihnen gerade ein Platz frei geworden ist.
S c h m i t z:
Sie brauchen sich nicht im Geringsten zu entschuldigen. Wir sind sehr erfreut, dass sich ein so schickes, junges Wesen zu uns hereinwagt!
K o b l e r:
Wir hatten gerade Gelegenheit, mit einer Dame aus dem Marseiller Dienstleistungsgewerbe Konversation zu treiben. Da schätzen wir uns jetzt glücklich, wenn wir mit Schönheit und Bildung zugleich konfrontiert werden! Gehe ich recht in der Annahme, dass Sie auch zur Weltausstellung nach Barcelona wollen?
R i g m o r:
Ja, das kann man mir sogar ansehen? Ihre Komplimente freuen mich, besonders, dass ich sogar gebildet aussehe! Aber ich verstehe von den technischen Dingen auf dieser Ausstellung wenig. Es ist mir mehr um das gesellschaftliche Ereignis zu tun. Da kann ich etwas Geld ausgeben, mich mit der neusten Mode ausstatten und mich in den Kreisen der Hautevolee bewegen. Bei so einem internationalen Treffen gibt es sicherlich viele Partys und Einladungen, da will ich Kontakte knüpfen und mich an die große Welt gewöhnen.
S c h m i t z:
Sie sind sicher schon weit herum gekommen, und Sie beherrschen gewiss mehrere Fremdsprachen!
R i g m o r:
Obwohl mein Elternhaus in Köln steht, lebe ich meistens im Ausland, heuer im Sommer in Biarritz und im Winter in St. Moritz. Doch zum Sprachenlernen fehlen mir Zeit und Ausdauer. So kann ich eben nur meine deutsche Muttersprache.

K o b l e r:
Ich finde, dass Sie es gar nicht nötig haben, fremdländisch zu reden, der ganze sympathische Eindruck, den Sie machen, spricht für sich.

R i g m o r:
Sie Charmeur!

S c h m i t z:
Da Sie sich auf europäischem Parkett bewegen, sind Sie vermutlich mit vielen einflussreichen Politikern und Schriftstellern bekannt geworden? Es würde mich nicht überraschen, wenn Sie über Paneuropa etwas aus erster Hand wissen!

R i g m o r:
Leider beschränkte sich meine Konversation auf den Bereich der internationalen Mode! In der Politik bin ich kaum bewandert. Dieses Feld hat für mich etwas Lautes und Gewalttätiges an sich!

K o b l e r:
Da haben sie Recht. Das weibliche Gemüt spürt intuitiv, wo sich die politischen Gedankengänge der Männer verirren!

R i g m o r:
Schon lange habe ich mich mehr so gut verstanden gefühlt wie von Ihnen. Sie scheinen Menschenkenner und sogar Frauenkenner zu sein?

K o b l e r:
Oh! Ich gehe halt häufig ins Kino und sehe mir freche Filme an. Da zeigt sich viel über die menschliche Natur, besonders der sinnlichen Frau!

R i g m o r:
Erzählen Sie mir doch mehr davon. Ich finde die Filmkunst auch sehr viel versprechend, wo es doch jetzt auch Tonfilme gibt!

K o b l e r:
Erst kürzlich habe ich einen Streifen über die Madame Chatterley gesehen. Da ist es nicht kleinlich zugegangen. Je unverhüllter man eine hübsche Dame zu Gesicht bekommt, umso schöner kommt sie mir vor. Ich kann schon verstehen, warum es dem Adam vor dem Apfelessen so gut im Paradies gefallen hat! Leider sind die Vorschriften für die Filmkontrolle noch viel zu streng. Schönheit muss sich doch zeigen dürfen! Die Entwicklung dieses Mediums wird in einigen Jahren sicher die wünschenswerte Freizügigkeit mit sich bringen!

R i g m o r :
Schön, dass Sie nicht so verklemmt und indirekt sind wie die meisten Männer! Sie können so galant parlieren. Uns Frauen gefällt es, wenn man uns intelligent den Hof macht.

S c h m i t z :
Bevor dieses Gespräch ganz verflacht, möchte ich einwerfen, dass vieles auf dem Sektor der Unzucht im Argen liegt. Denken sie doch an die ausgebeuteten Dirnen, die aus bitterer Armut heraus in dieses Gewerbe hineingezwungen werden und die sich in diesen modernen Filmen zu geringstem Honorar für die so genannten erotischen Szenen zur Verfügung stellen müssen! Nie ist davon die Rede, wie die armen Dinger von ihren Beschützern ausgenutzt werden und wie würdelos sie sich wöchentlich untersuchen lassen müssen. Die diversen Medikamente, die man ihnen verschreibt, müssen sie dazu noch selber bezahlen.

R i g m o r :
Das ist ja vollkommen desillusionierend! Haben Sie denn keinen Sinn mehr für Schlüpfrigkeit in solchen Filmen?
So alt sind Sie doch noch nicht!

S c h m i t z :
Entschuldigung! Ich konnte mir bloß nicht vorstellen, dass Ihnen die Erzählungen meines Kollegen gefallen. Wenn das so ist ..

S c h m i t z geht empört weg und schreitet vor dem Abteil auf und ab. Von dort beobachtet er eifersüchtig und kopfschüttelnd, wie R i g m o r mit K o b l e r flirtet. Bald tritt er wieder ein.

R i g m o r :
In Barcelona kann man wenigstens noch Haute Couture tragen! Wenn ich gut angezogen bin, dann wenden sich mir auch die richtigen betuchten Herren zu. Daheim in Duisburg, da ist es schon fast Pflicht, in Sack und Asche zu gehen. Wissen Sie, im Ruhrpott sind die Arbeiter so verhetzt, dass sie einer modern angezogenen Frau nicht fasziniert, sondern bloß fanatisch nachblicken! Diese Linksparteien verwerfe ich radikal, weil sie immer wieder das Vaterland verraten. Vor Jahren hat es mich direkt gefreut, dass die Nationalen diesen Erzberger erschossen haben. Es wird Zeit, dass das revolutionäre Pack ausgerottet wird!

K o b l e r:
Ich lehne genau wie Sie diese würdelose Verständigungspolitik ab!
S c h m i t z:
Was?! Noch vor Stunden haben wir uns über die Unersetzlichkeit eines paneuropäischen Konsens ausgesprochen! Und jetzt bejahen Sie solche unverantwortlichen Phrasen des Rechtsextremismus?
Wieder verlässt S c h m i t z enttäuscht das Abteil. Doch K o b l e r holt ihn nach dem Schließen der Abteiltür ein.
K o b l e r:
Das ist doch nur Taktik! In diesem Augenblick haben die persönlichen Interessen Vorrang! Ich habe Ihnen doch gleich beim Eintritt dieser Dame gesagt, dass es sich um meine `Ägypterin´ handelt. Bildhübsch und steinreich! Vollweib und Traumfrau! Ihr Paneuropa soll sich um die Politik und nicht um die Weiber kümmern!
S c h m i t z:
Jetzt schlägt es Dreizehn! Selbstverständlich hat die Frauenfrage mit Politik und sogar mit dem Krieg zu tun! Denken Sie doch nur an die verlassenen Mütter, wenn gekämpft werden muss!
K o b l e r:
Sie haben nur die allgemeine Frauenfrage im Kopf. Mich juckt aber diese konkrete Person! Eine solche Gelegenheit, mein ganzes Desaster hinter mir zu lassen, kommt nie wieder! Ich werde dieses Ideal von einem Weib in Barcelona kompromittieren und dann noch einmal zur Sicherheit bei ihr zu Hause in Duisburg. Wenn Sie mir dann unter Tränen etwas von Schwangerschaft zuflüstert, dann werde ich Ihr den Ehewunsch nicht abschlagen. Auf diese Weise kann ich zu Eros und zu Geld kommen. Ihr Papa wird mir nach der Hochzeit die Prokura über sein Firmenimperium verleihen!
S c h m i t z:
Auf solche primitiven Emotionen reden sich halt alle hinaus! Armes Europa! Ich glaube, Herr Kobler, Sie sind auch nur die übliche bourgeoise Figur! Schade, dass wegen solcher niedrigen Instinkte die paneuropäische Idee jeden Tag aufs Neue in den Schmutz hinab gedrückt wird!

3. Akt – Bittere Realität

Kobler, Schmitz und Rigmor haben sich in einem vornehmen Hotel in Barcelona eingemietet. Die drei bewohnen Einzelzimmer und treffen sich vor dem Stadtbummel in der Hotelhalle.

R i g m o r:
Man höre und staune, in der Zeitung habe ich eben gelesen, dass die Spanische Regierung 100 Millionen Goldmark für die Weltausstellung ausgegeben hat.

S c h m i t z:
Aus wohl kalkulierten Propagandagründen. Die ganze Welt soll bemerken, dass ein ehedem armes südeuropäisches Land aus seiner lähmenden Lethargie erwacht ist.

K o b l e r:
Ich könnte mir aber vorstellen, wenn wir wieder tolle Rüstungsprodukte hätten, dann würden wir wieder in die Vormachtstellung aufrücken. Das käme auch den Autofirmen zugute.

S c h m i t z:
An ein Auto vermag ich angesichts der politischen Umwälzungen und meiner eigenen schlechten Finanzlage gar nicht zu denken. Ich hoffe, dass mein Verleger meinen Reisebericht ordentlich honoriert. Spanien hat gesalzene Preise!

R i g m o r:
Im Prospekt steht, dass der Satan, als er den Herrn mit der Aussicht auf den Besitz der herrlichsten Länder der Welt zu seiner eigenen Anbetung betören wollte, ihn hierher nach Barcelona geführt habe.

S c h m i t z:
Fürwahr, zum Augenblicke möchte ich sagen, hier ist es satanisch schön, um Goethe zu Wort kommen zu lassen!

K o b l e r:
Mir kommt es eher himmlisch vor. Wenn ich reich wäre, würde ich mir hier ein Feriendomizil erwählen. Haben Sie gesehen, wie stolz diese Spanier einherschreiten in ihren noblen weißen Schuhen? Sogar die Herrentoilette ist mit „Ritter" beschriftet!

S c h m i t z:
Auf den Besuch der täglich stattfindenden Corrida de Toros werde ich verzichten. Dieses Gemetzel an den unterlegenen Tieren ist mir zu

grausam. Und diese arrogante Grazilität der Toreros missfällt mir. Leider jubelt das arme Volk diesen so genannten „Helden der Arena" zu. Panem et circenses! Solange es solche Grausamkeiten gibt wie den Stierkampf, können die europäischen Menschen auch nicht die Kriegsgelüste überwinden! Ich werde meinen Zeitungsartikel mit „Schafft endlich die Vivisektion ab" oder „Schluss mit dem öffentlichen Lustmord" überschreiben!

K o b l e r:
Man darf doch andere Länder mit anderen Sitten nicht leichthin verurteilen! Bedenken Sie doch, lieber Herr Schmitz, wie solch ein Matador beim Volk angesehen ist, und wie großartig er verdient, weil er sich der Lebensgefahr gegen diese wilden Tiere aussetzt. Schließlich laufen diesen mutigen Männern auch die hübschesten Frauen nach!

R i g m o r:
Wenn mein Mann ein Torero wäre, hätte ich jeden Tag Angst um sein Leben. Das könnte ich nicht aushalten!

K o b l e r:
Wenn Ihr Mann aber ein Stier wäre?

R i g m o r:
Der dürfte sich an mir alle seine Hörner abstoßen!

R i g m o r verlässt die beiden Herren und geht zum Waschraum des Hotels. S c h m i t z verzieht indigniert sein Gesicht.

S c h m i t z:
Am schlimmsten nehme ich an diesem Ort wahr, dass die Leute hier noch so stark für die Agitation empfänglich sind. Wie die beim Stierkampf begeistert mitbrüllen, statt dass sie die Mechanismen dieser Massensuggestion durchschauen! Angesichts dieser Gefühlsmenschen müssen wir Verstandesmenschen größtes Unbehagen empfinden! Die Schreihälse sind weder zum Kapieren, noch zum Analysieren fähig!

K o b l e r:
Bei mir verläuft die Reaktion umgekehrt! Mein Herz rebelliert, wenn ich an den polnischen Korridor im deutschen Osten denke. Jede Schmälerung Deutschlands treibt meinen Blutdruck in die Höhe. Aber reden wir doch von interessanteren Vorgängen.

S c h m i t z:
Wie weit sind Sie denn nun mit Ihrer `Ägypterin´? Ist die denn überhaupt in Sie verliebt, oder handelt es sich nur um eine vorübergehende körperliche Beziehung?
K o b l e r:
Ich bin mir meiner Ausstrahlung sicher! Das Mädchen wird nicht mehr von mir ablassen.
S c h m i t z:
Verkennen Sie das „Weib an sich" nicht! Jede Frau bleibt eine Sphinx. Daran konnte auch Sigmund Freud mit seiner Psychoanalyse nichts ändern!
Da, sehen Sie, was ist denn mit Ihrer Rigmor passiert?
R i g m o r kehrt vom WC Tränen überströmt zurück. In der Hand hält sie ein Telegramm. Sie bleibt vor den beiden Männern stehen. Sie trocknet sich mit einem Taschentuch das verweinte Gesicht ab.
R i g m o r:
Ich habe gerade eine Depesche erhalten! Ein gewisser Alfred Kaufmann aus Milwaukee - ein Amerikaner, Kunstmaler und Millionär dazu -, hat sich in Zürich bei einem Psychiater seine Libido kurieren lassen, weil er so gehemmt war. Die Therapie sollte vier Wochen dauern. Nun aber telegraphiert er, dass er nach zwei Wochen schon geheilt sei und stündlich in Barcelona eintreffe.
Es ist mir alles so fürchterlich peinlich! Alfred ist nämlich mein Verlobter! Ich muss ihn bald heiraten. Mein Papi benötigt nämlich für seine Firma dringend gutes amerikanisches Geld! Gerade die hohe Sozialversicherung hat ihn so in die Enge getrieben. „Kind, hat er gesagt, wenn du nicht Kapital aus deiner Schönheit machst, dann gehen wir allesamt bankrott!". Da habe ich dann ja sagen müssen zum verklemmten Alfred.
K o b l e r:
Das ist wirklich eine Katastrophe! Jetzt könnte ich auch einen Psychiater brauchen!
Aber gegen die Amerikaner hatten wir Europäer noch nie eine Chance. Gegen die rohe Übermacht hilft nicht einmal die bessere Strategie!

Ri g m o r:
Schade, Herr Kobler, Sie hätten sicherlich Ihren Mann gestanden! Wenn sich auch das Gefühl aufbäumt, der amerikanische Dollar steht doch unvergleichlich sicherer da!

K o b l e r:
Jetzt haben Sie die Libido-Probleme Ihres Verlobten auf mich übertragen! Adieu, liebe Rigmor, es wäre so schön gewesen!

Ri g m o r geht schnupfend und nach rückwärts winkend davon.

S c h m i t z:
Kommen Sie, Kobler, vergessen Sie Ihre `Ägypterin´ und denken Sie wieder paneuropäisch! Orientieren Sie sich einfach neu. Für eine arme polnische Freundin beispielsweise wären Sie der amerikanische Millionär! An so einer sind übrigens auch Pyramiden dran!

K o b l e r:
Ich Depp habe mich schon als Duisburger Generaldirektor gefühlt! Überhaupt können mir Ägypten und Paneuropa den Buckel hinunterrutschen! Ich fahre mit dem nächsten Zug nach Hause. Auf Wiedersehn, Herr Schmitz! Schreiben Sie schöne Artikel über Spanien, aber bloß nichts über mich!

4. Akt – Not der weiblichen Arbeiterklasse

München, A n n a s Zimmer.
A n n a sieht sich den Vorwürfen ihrer T a n t e ausgesetzt, bei der sie wohnt.
T a n t e:
Bist du wieder einmal entlassen worden, Anna? Wie willst du denn jetzt die Miete für dein Zimmer aufbringen? Du weißt doch, das Antiquariat von deinem verstorbenen Onkel bringt mir fast nichts ein.
A n n a:
Lies doch mal das schöne Arbeitszeugnis, Tante, das ich von meiner Firma bekommen habe! Da steht doch drin, dass mein Ausscheiden aus der Auto-Vermietung ausschließlich betriebsbedingt ist: „Fräulein Pollinger war stets ehrlich, fleißig und pflichtbewusst. Nur wegen der Liquidation unseres Geschäftes sehen wir uns genötigt, uns von unserer tüchtigen Bürokraft zu trennen."
T a n t e:
Mir ist schon klar, dass du ein zuverlässiges Mädchen bist, aber du kannst nicht von dieser winzigen Arbeitslosenunterstützung leben! Und ich bin auf mein Zubrot, die Vermietung der beiden Zimmer, angewiesen! Die Witwenrente reicht auch nur zum langsamen Verhungern.
Geh doch mal hinüber zu deinem Zimmernachbarn, dem Zahntechniker Kastner, der hat Beziehungen zu Filmleuten. Er hat einmal sogar als Schauspieler bei einem Bibelfilm mitgewirkt. Seine Gage ist für die Strafe draufgegangen, weil er ein paar pornographische Probeaufnahmen verbreitet hat.
A n n a:
Mir ist der sehr unsympathisch. Wie er mich einmal ins Kino eingeladen hat, wollte er dauernd überall an mir herum fingern! Außerdem graust es mir vor seinen blechernen Stiftzähnen! Überhaupt möchte ich mich nicht mit diesem Tagedieb verkuppeln lassen!
T a n t e:
Die Miete zahlt er jedenfalls immer pünktlich! Und er kriegt immer wieder Aufträge vom Zahnarzt in der Türkenstraße. Für dich hat er sicher einen guten Tipp. Ich hol´ ihn mal herüber.
Eilig bewegt sich A n n a s T a n t e aus dem Raum, schiebt den Herrn K a s t-n e r in A n n a s Zimmer und entfernt sich.

K a s t n e r :

Ja, meine liebe Anna, wenn die Not am größten, da ist halt der Kastner am nächsten. Ich will kein Hehl daraus machen, dass Sie mir sympathisch waren und noch sind!

Schaun´S, ein properes Mädchen wie Sie kann sogar in schlechten Zeiten gutes Geld verdienen! Sie brauchen meinen logischen Gedanken nur aufmerksam zu folgen. Sie dürfen sich nicht den Möglichkeiten versperren, für die Sie die Mutter Natur so trefflich ausgestattet hat.

Verschwenden Sie sich doch nicht an nichtsnutzige Subjekte wie diesen Alfons Kobler! Der würde Ihnen doch nie einen Heiratsantrag machen. Ich kenne solche schrägen Typen! Der nutzt Sie nur aus, solange Sie noch nach etwas aussehen und Ihren Kuchen selber bezahlen können.

Ich bin mit feinen Herren aus dem Kunstmetier bekannt, die wüssten Ihre natürlichen Gaben zu schätzen! Sie bekämen schon am Anfang einen dreimal so hohen Stundenlohn wie als Büromädchen.

A n n a :

Was müsste ich denn bei denen machen?

K a s t n e r :

Halt nicht so prüde sein! Sehen Sie, die menschliche Kulturgeschichte zeigt doch, dass die Schamhaftigkeit nur eine neuere Erfindung des sexualfeindlichen Christentums ist. Im alten Griechenland sind die jungen Leute doch in den Sportstadien nackt herumgelaufen, das sieht man doch an allen diesen antiken Statuen in unserer Glyptothek.

Sie lassen nur für je zwei Sitzungsstunden Ihre Hüllen fallen, und beispielsweise mein Bekannter, der Radierer Achner, macht derweil ein paar Skizzen von Ihrem Körper für einen Kunstkatalog. Bevor Sie überhaupt merken, dass das Nackt-Posieren eine Arbeit sein könnte, sind Sie schon wieder fertig und kassieren 10 Mark; die Sie doch wirklich brauchen können.

A n n a :

Ich will es mir überlegen. Hat die Sache wirklich keinen Haken? Sie wissen, dass man als lediges Mädchen, das sich leicht auszieht, schnell einen schlechten Ruf bekommt.

Kastner:
Nicht im Geringsten! Das Modellstehen ist ein sehr anerkannter Beruf, allerdings nur für wohl proportionierte Jungen und Mädchen! Wer so anziehend ist wie Sie, darf sich doch noch weiter ausziehend verhalten. Sie können sich freilich mit dem keuschen Dastehen begnügen, aber Sie sollten dann mehr ins Praktische übergehen.
Ich will Ihnen nicht zu nahe treten, werte Anna. Aber wie ich Sie kenne, neigen Sie nicht zu tiefen menschlichen Bindungen. Sehen Sie, daher würden Ihnen kurze Kontakte zu monetären Herren nicht allzu schwer fallen. Sie brauchen nichts Seelisches zu investieren. Sie sollen einfach nicht mit den Reizen geizen, mit denen Sie so hübsch ausgestattet sind!
Keineswegs möchte ich zum Prostituieren raten, das liegt mir fern. Machen Sie Gebrauch von Ihren köstlichen Gaben. Das Großzügig-Praktische kann Sie zu einem bescheidenen Wohlstand führen!
Anna:
Was Sie so sagen, klingt recht verlockend! Aber ich ahne, dass da ein Pferdefuß verborgen ist! Freilich muss man sich in diesen inflationären Zeiten der Realität stellen. Das Stillstehen will ich schon mitmachen, aber Parterre-Akrobatik kommt nicht in Frage!
Kastner:
Selbstverständlich, Fräulein Pollinger. Sie bleiben immer Herrin des Geschehens. Irgendwie haben Sie ja Recht, wenn Sie sich nicht vom Manne sexuell unterjochen lassen wollen. Überhaupt müssen Sie sich im Vorhinein nicht über jede Einzelheit des Modell-Stehens festlegen. Sie sehen ja, wie sich die Dinge entwickeln. Ich schicke Ihnen gleich einen zahlungskräftigen Interessenten aus dem Showgewerbe! Er ist gerade zufällig bei mir auf Besuch.
Kastner verlässt den Raum und sofort tritt Harry Priegler höflich laut anklopfend ein. Er scheint vor der Tür gewartet zu haben.
Harry:
Grüß Gott, Fräulein Pollinger, darf ich hineinkommen? Harry Priegler ist mein Name. Mein Bekannter Kastner hat mir schon angedeutet, dass Sie sich vielleicht ab und zu der Kunst zur Verfügung stellen wollen!

A n n a:
Bitte, machen Sie es sich bequem! Wissen Sie, ich betrachte das Modell-Stehen nur als Verlegenheitslösung. Ich bin wieder einmal arbeitslos geworden und muss daher auf die Schnelle etwas Geld verdienen. Ich habe auch so meine Zweifel, ob mein Erscheinungsbild für eine derartige exponierte Tätigkeit ausreicht.

Harry:
Da machen Sie sich überhaupt keine Sorgen, liebes Fräulein, schon in ihrem noch angezogenen Zustand kann ich erkennen, dass Sie sich mit jeder Schönheit vergleichen können! Sie dringen bestimmt noch zur creme de la creme der Fotomodelle vor. Glauben Sie mir das! Als Mitglied der Eishockey-Nationalmannschaft komme ich in alle Städte der Welt, da mangelt es mir nicht an Vergleichsmöglichkeiten. Sie können sich überall mit und ohne Kostüm sehen lassen!

A n n a:
Für einen Kunstfreund eilen Sie ja recht schnell zur Sache! Sie haben auch keinen Fotoapparat dabei oder wenigstens eine Malerpalette. Wollen Sie mich etwa nur eine Stunde lang anschauen?

H a r r y:
Primär bin ich Sportsmann und suche ich Erholung beim weiblichen Geschlecht. Erst sekundär interessiere ich mich für Kunstkalender. Da müssen dann aber Fotos schöner Frauen abgedruckt sein. Für mich ist der Eros Bestandteil des Sports! Wer wie wir Spitzensportler angestrengt schuftet, der darf sich auch etwas Entspannung gönnen. Wir tun etwas für unsere Nation! Wir strengen uns an! Wir eilen von Sieg zu Sieg! Das steigert das Renommee Deutschlands. Daher können wir von unserem Handgeld natürlich besser leben als die Arbeiter.
Drunten steht mein neues Achtzylinder-Kabriolett, da können wir nachher einen Ausflug nach Feldafing am Starnberger See machen. Dort gibt es ein schönes Lokal in der Nähe der Roseninsel, wo sich bekanntlich Kaiserin Sissy von Österreich und König Ludwig II. von Bayern öfters getroffen haben.

A n n a:
Das würde mir schon gefallen, wenn es denn beim Essen bleibt!

H a r r y :
Beim Abendessen kann ich Ihnen dann mindestens fünf Damen im Speisesaal zeigen, die ich schon gehabt habe. Nicht mit jeder war es schön. Eine musste ich direkt von mir stoßen, da hat sie gemeint, ich gehe genauso unpsychologisch mit ihr um, wie ihr rücksichtsloser Ehemann. Und eine andere hat mir sogar ihren Angetrauten in meine Wohnung geschickt, dass er mich fragen solle, ob es wahr sei, dass sie ihn mit mir betrüge. Da habe ich zunächst befürchtet, dass er gleich die Duellpistolen auf den Tisch legt.
Doch zurück zu Ihnen, geschätzte Anna, lasst uns doch Taten sehen, wo der Worte genug gefallen sind!
A n n a :
Ich sehe schon, wohin der Hase läuft! Ist bei Ihnen denn nie ein Gefühl für diese Frauen dabei?
H a r r y :
Seelenkräfte kann ich bei meinen Liebesakten wirklich nicht investieren! Ich will schließlich nicht auf Dauer mit nur einer einzigen Person zusammenleben! So bald will ich keine Familie gründen! Wer will denn die vielen Kinder ernähren, jetzt, wo wir doch alle unsere Kolonien hergeben mussten? Da lasse ich schon lieber ein paar Scheine springen fürs Modell-Liegen und für ein nobles Abendessen. Auf geht´s, fahren wir raus zum Seehotel! Ich übernehme alles!
A n n a :
Aber versprechen Sie sich nicht zuviel!

5. Akt – Weiches Herz in Proletenschale

Alfred K o b l e r sitzt wieder im Münchner Schellingsalon beim Frühstück. Zu ihm gesellt sich ein Ä l t e r e r H e r r.

Ä l t e r e r H e r r:

Darf ich bei Ihnen Platz nehmen?

K o b l e r:

Bitteschön! Ich freu´ mich immer über eine kleine Unterhaltung.

Ä l t e r e r H e r r:

Damit kann ich dienen! Ich bin ein politisch denkender Mensch und verbreite gerne meine staatstragende Meinung.

K o b l e r:

Da treffen sie bei mir auf den Richtigen. Ich interessiere mich stark für das Zeitgeschehen und ich habe mich in der letzten Woche hautnah über Paneuropa informiert. Erst gestern bin ich von der Weltausstellung in Barcelona zurückgekommen. Dort sind sich wirklich die Wirtschaftsführer aus der ganzen Welt begegnet, und alle haben ihre neuesten Produkte vorgestellt. Nur durch offenen Welthandel kommt die marode Konjunktur wieder ins Laufen!

Ä l t e r e r H e r r:

Was reden Sie denn da? Sind Sie etwa auf die gleichmacherische internationalistische Propaganda hereingefallen? Alle Staaten, die auf dem industriellen Sektor nichts zusammenbringen, wollen uns Deutschen ihre minderwertigen Produkte andrehen! Der freie Wettbewerb mixt doch nur das Gelumpe und unsere Spitzenerzeugnisse durcheinander, bis sich keiner mehr auskennt. Die Losung unserer Tage kann nur heißen: „Deutsche kauft bei Deutschen!“. Freilich könnten umgekehrt alle diese Südeuropäer und die Balkanstaaten profitieren, wenn sie deutsche Waren ordern würden. Dann hätten sie etwas, das funktioniert und langlebig ist!

K o b l e r:

Natürlich klappt bei uns alles am besten, aber man darf auch anderen Ländern in der einen oder anderen Beziehung etwas Gutes zutrauen.

Ä l t e r e r H e r r:

Sagen Sie das nicht! Ich kenne zum Beispiel Frankreich sehr genau. Meine Frau, mit der ich seit 30 Jahren verehelicht bin, ist nämlich Französin. So wie die in diesen Jahren in die Breite gegangen ist, so hat sich auch der französische Staat ausgebreitet. Der Franzos wird unser Rheinland nie mehr herausrücken. Was die einmal annektiert haben, das halten die fest wie die Kletten. Da müssen wir Deutschen schon militärische Mittel anwenden, um zurückzubekommen, was uns seit Jahrhunderten gehört! Dieser internationale Pazifismus, den die Bolschewiken befördern, wird uns noch das größte Schlamassel bereiten! Nur nach der Niederwerfung des Auslands wird sich einmal Frieden einstellen! Fallen Sie bloß nicht auf diese billigen gesamteuropäischen Ideen herein! Unsere Nachbarn wollen uns zuerst auf Glatteis führen, dann schlagen sie zu. Denken Sie doch an den unseligen Versailler Vertrag! Man wollte uns politisch und wirtschaftlich für alle Zukunft Fesseln anlegen. Wie gut, dass es wieder nationale Kräfte gibt, die sich nichts mehr gefallen lassen!

K o b l e r :
Nichts für ungut, Herr Nachbar, ich sehe grad am Nebentisch einen guten Freund. Ich darf Ihnen aber zum Abschied sagen, dass mir Ihre radikalen Ansichten reichlich radikal vorkommen!

K o b l e r steht auf und bewegt sich hinüber zum Nachbartisch, wo soeben G r a f B l a n q u e z Platz genommen hat. Der ältere Herr verlässt das Lokal.

B l a n q u e z :
Grüß dich, Alfons! So schnell aus Barcelona zurück? Es scheint ja nicht von `Ägypterinnen´ gewimmelt zu haben! Oder hast du etwa doch die Cheops-Pyramide bestiegen?

K o b l e r :
Grüß dich, Blanquez! Es ist direkt erleichternd, wieder einmal mit einem Menschen gleicher Wellenlänge zu reden. Rein beruflich war die Reise durchaus ertragreich. Ich weiß jetzt, dass auch die Engländer und Italiener schöne Kabrioletts bauen können.
Ich nehme an, dass auch du in der letzten Woche nicht Trübsal geblasen hast!

B l a n q u e z :
Man tut, was die Natur verlangt, und man pflückt das Obst, das gerade Saison hat!

K o b l e r :
Das hast du schön ausgedrückt!
Schau mal raus, da geht doch die Anna Pollinger! Jetzt winkt sie sogar herein! Du, darauf reagier´ ich überhaupt nicht! Die schaut jetzt

erstaunlich heruntergekommen aus, wo ich sie doch erst vor einer Woche zum letzten Mal gesehen hab´.

Grundsätzlich beunruhigt es mich, wenn Frauen sich so ungeniert an einen heranschmeißen wollen und sich freihalten lassen.

Auf meiner Spanienreise habe ich allerdings ein paar Prachtexemplare kennen gelernt! Damen mit Niveau und Pfiff! Ich glaube, dieser Ebene von Anna aus der Schellingstraße bin ich nunmehr entwachsen.

B l a n q u e z:

Du solltest nicht so hart urteilen, immerhin hast du sie doch einige Male abgeschleppt und warst hinterher recht zufrieden.

K o b l e r:

Das ist nun vorbei, ich habe mich gewandelt!

B l a n q u e z:

Das absolute Negativum über Anna kannst du noch gar nicht wissen. Unser gemeinsamer Freund Harry Priegler hat mir erst gestern zugeraunt, dass das Mädchen inzwischen ganz in der Gosse gelandet ist. Sogar die Sittenpolizei hat sich neulich bei ihrer Tante nach dem Lebenswandel dieses Flittchens erkundigt. Das war der braven Frau zuviel. Sie hat die Verwandtschaft gekündigt und Anna hinausgeworfen.

Vor diesem Eklat soll sie sogar einem farbentragenden Verbindungsstudenten auf offener Straße ein eindeutiges Angebot gemacht haben. Der konnte sich natürlich in seiner auffälligen Montur nicht auf Anna einlassen, deswegen musste er, seiner Corpsehre wegen, einen Schutzmann herbeirufen.

Von Harry Priegler hat sie übrigens für die übliche Zugabe tatsächlich ganze fünf Mark verlangt!

K o b l e r:

Unglaublich! Wie kann man in der kurzen Zeit so tief sinken?

Ich glaube, das bewirken diese schlechten Zeiten. Da machen haltlose Frauen alles, bloß damit sie an ein paar Mark ergattern können.

Es pressiert wohl nun wirklich mit Paneuropa! Wenn sich die Länder nicht einigen, dann gehen wir alle noch zugrunde!

K o b l e r und G r a f B l a n q u e z zahlen und verlassen den Schellingsalon zusammen. Kurz darauf betritt A n n a das Lokal in Begleitung eines Herrn R e i t h o f e r, dem sie vorher im Arbeitsamt begegnet ist. Sie nehmen Platz.

O b e r: Guten Morgen, die Herrschaften, was darf ich bringen?

R e i t h o f e r: Zwei Tassen Kaffee, bitte, auf meine Kosten!

A n n a:

Oh, sehr freundlich von Ihnen! Ich bin heute direkt dankbar für ein warmes Getränk.

R e i t h o f e r :

Ich bin froh, dass ich den Mut gefunden habe, Sie im Arbeitsamt anzusprechen. Ich beziehe zwar hier Arbeitslosenunterstützung, weil ich schon Jahre in München lebe, aber ich bin Österreicher. Und weil Sie halt wie eine elegante Wienerin aussehen, wollte ich Sie unbedingt kennen lernen.

A n n a:

Danke für das freundliche Kompliment. So weit her ist es mit meiner angeblichen Eleganz nicht. Sie wissen es ja selbst, dass das Arbeitslosengeld nicht für das Überleben reicht. Man muss sich das Nötige dazuverdienen und man darf nicht wählerisch sein!

R e i t h o f e r:

Jetzt zum Beispiel muss ich leider laut schreien. Daran sind ja nicht Sie schuld, sondern die Marschmusik der Soldaten, die gerade vorbeitrampeln. Es gibt Gewalten, gegen die man als Einzelner halt machtlos ist. Da bleibt einem nur die Wahl zwischen Aufhängen oder auf friedlichere Zeiten hoffen!

A n n a:

Sie wirken eigentlich sehr gepflegt, mein Herr. Was waren Sie denn von Beruf, wenn ich fragen darf?

R e i t h o f e r:

Ich habe viele Jahre als Kellner gearbeitet und wollte mich schon an ein ausländisches Grandhotel bewerben. Als aber dann der Weltkrieg dazwischen kam, war es aus mit der Karriere in der Gastronomie. Deswegen sitze ich nun hier als Arbeitsloser, statt dass ich in Afrika unter Palmen wandle. Auch Ägypten hätte mich interessiert, aber da kam dann die Schweinerei von Sarajewo dazwischen.

A n n a:

An diese Geschehnisse kann ich mich nicht erinnern, ich war erst vier Jahre alt, als der Krieg ausgebrochen ist. Mein Vater ist zwar in irgendeiner Schlacht gefallen. Ich glaube, eher in Frankreich, nicht in Serbien. Deutlicher im Gedächtnis ist mir die Inflation von 1923, weil ich da kurzfristig Billionärin gewesen bin.

Vor sechs Jahren musste ich meine liebe Mutter begraben. Manchmal habe ich an ihren Gefühlen zu mir gezweifelt, wenn sie mich so angeschaut hat, als wäre ich ein unnützer Ballast für sie. Aber ich will ihr nichts Unrechtes nachsagen, die Not war halt zu groß.

Ich musste schon mit 13 Jahren Geld verdienen. Da war Schluss mit der Schule, und ich bin Schneiderin geworden.

R e i t h o f e r :

Ich möchte Ihnen eine Freude machen und Sie abends ins Kino einladen. Es läuft zwar nur ein Gesellschaftsfilm über eine unglückliche Millionärin statt des Wildwestfilms, den ich lieber sähe, aber man muss sich eben nach dem aktuellen Angebot richten. Ich selber würde mich natürlich freuen, wenn ich von einer jungen Dame begleitet werde. Nehmen Sie an?

A n n a :

Gerne, mein Herr. Ich war schon lange nicht mehr im Kino. Gerade ein Liebesfilm aus der Welt des Geldadels ist der richtige für mich. Ein solcher Stoff lenkt dann von der grauen Wirklichkeit ab.

R e i t h o f e r :

Und danach? Ist dann ein kleiner Spaziergang gefällig? Es dürfte eine angenehme, laue Novembernacht werden, da kann man lang im Freien verweilen und noch einiges Schöne anhängen.

A n n a :

Das kostet Sie dann aber Bares – trotz der Kinokarte!

R e i t h o f e r :

Ach, so eine bist du?!

A n n a :

Noch nicht lange verdien´ ich so meinen Unterhalt.

R e i t h o f e r :

Ich bin selber mittellos. Ich kann dich deshalb gar nicht verachten. Aber das war wirklich eine Gemeinheit von dir, dass du dich von mir ins Kino hättest einladen lassen! Schäm dich, mein Kind!

R e i t h o f e r verlässt empört den Schellingsalon. A n n a bleibt sitzen und blättert in Illustrierten. Nach einiger Zeit kommt R e i t h o f e r wieder herein und nimmt neben A n n a Platz.

R e i t h o f e r :

Es tut mir Leid, Fräulein, dass ich vorher so schroff zu Ihnen war. Ich war halt im Moment schockiert, da habe ich dann so spontan reagiert.

Ich muss zugeben, dass ich halt auch sehr positive Gefühle für Sie entwickeln wollte.

Weil wir es zur Zeit aber alle sehr schwer haben, möchte ich Ihnen einen Vorschlag unterbreiten, der Sie den unschönen Tätigkeiten, die Sie gerade auszuüben genötigt sind, entheben würde.

A n n a :

Und das wäre?

R e i t h o f e r :

Ich kenne einen Herrn, der wiederum einen österreichischen Kommerzienrat kennt. Dieser ist Konfektionshersteller in Ulm, und weil er die Tochter meines Bekannten geschwängert hat, ist ihm der Herr Rat gelegentlich verpflichtet.

Dieser Bekannte hat nun gestern von seinem Quasi-Schwiegersohn vernommen, dass er dringend wegen unerwartet guter Auftragslage eine Schneiderin suche. Wenn Sie wollen, könnte ich sofort mit diesem Mann telefonieren.

A n n a :

Lassen Sie diese gemeinen Witze! Heutzutage gibt es doch keine einzige freie Stelle. Haben Sie vor, sich etwa zu rächen, weil ich Sie zuerst genauso wie die üblichen sexgeilen Männer eingestuft habe?

R e i t h o f e r :

Das liegt mir wirklich fern! Wenn ich ehrlich bin, kann ich nicht ausschließen, dass ich von Ihnen abends schon etwas gewollt hätte.

In meinem momentanen Zorn habe ich Sie glatt für ein Mistvieh gehalten! Draußen in der kalten Luft dachte ich dann, dass ich auch einmal ein gutes Werk vollbringen könnte! Das kostet mich ja nur einen Anruf.

A n n a :

Das hätte ich mir jetzt nicht von Ihnen träumen lassen!

R e i t h o f e r :

Man muss manchmal sogar ohne Verliebtsein einem Mädchen etwas Gutes tun! Die Solidarität liegt doch auch in der Natur des Menschen! Was halten Sie nun von diesem Rettungsring, den ich Ihnen hiermit zuwerfe?

A n n a :

Ich fange ihn auf und halte mich fest! Wann geht der nächste Zug nach Ulm?

R e i t h o f e r:
Ich rufe sofort meinen Bekannten an und bringe Sie zum Bahnhof!
Beide verlassen in herzlichem Einvernehmen, die Arme untergehakt, das Café.

Treatment für ein Ödön von Horváth-Drehbuch
Vorwort von Dr. Fritz Wambsganz

Dieses Treatment bezieht sich auf das Leben und Werk Ödön von Horváths unter besonderer Einbindung der Murnauer Jahre und Örtlichkeiten.

Für einen 90-minütigen Film, der auf den realen Geschehnissen aufbaut und zur Illustrierung Gesprächs-Fiktionen ergänzt, welche aber ihrerseits an fasslichen Pressebelegen orientiert sind, erscheinen 27 Szenen günstig, die zwischen 1 Min und 7 Min dauern.

Die Spielhandlung setzt im Erfolgsjahr 1931 zentral in Murnau ein, die davorliegende Murnauer Zeit und die bis dahin produzierten Hauptwerke werden gesprächsweise rückblickend erfasst. Bei Horváth müssen Leben und Schreiben im Zusammenhang betrachtet werden, da seine Werke aus der Zeit- und Menschenbeobachtung und dem Natur- und Stadterleben hervorgehen.

Die Kernzeit des Films erstreckt sich bis 1933, womit die Anwesenheit des Dichters in Murnau endet. Danach werden wichtige Ereignisse, Werk und neue Autorintention von Wien, Berlin und Henndorf aus gesprächsweise vorausblickend aufgegriffen; wie Horváth weite Teile seines Spätwerkes frühzeitig angedacht hat. Alle Lieblingsorte der Hauptperson in Murnau werden gezeigt und – falls wie zur Spielzeit nicht mehr vorfindbar – gleichwertig durch ähnliche reale Lokalitäten ersetzt.

Die beteiligte Personenzahl für die Handlungs- und Gesprächsrollen ist zum Zweck der Praktikabilität klein gehalten (außer: Saalschlacht und Gerichtsverhandlung).

Auf Spielszenen außerhalb Murnaus, also in Berlin, Wien, Henndorf und München kann nicht verzichtet werden, da sie zum Charakteristikum Horváths gehören.

Die Kamera fängt bei den Szenen im Freien mehrmals die nahe und ferne Landschaft ein, um die schöne Lage Murnaus und um das Gebirgspanorama hervorzuheben (Drehtage daher bei klarem Wetter). Die Innenszenen werden am besten durch eine solche Kameraführung eingeleitet, die zunächst die Örtlichkeit von außen erfasst und das Herankommen der jeweiligen Personen. Wenn Gespräche zu Ende sind, machen sich die Leute sichtbar zum Verlassen der Räumlichkeit bereit, damit fließende Übergänge zwischen den Szenen zustande kommen.

Der Hintergrund, die Bahn, die Fahrzeuge, die Kleidung und die Requisiten sollten die 30er Jahre illusionieren.

Szenen Horváth-Drehbuch/Murnau/Dr.Wambsganz

1.Szene

Ort: Murnauer Bahnhof

Zeit: 1.2.1931/Tag der Wahlveranstaltung der SPD mit MdL Erhard Auer, mittags 13 Uhr

Situation: Horváth holt seine aus München kommenden Eltern am Zug ab, Begrüßung, er nimmt seinem Vater den Koffer ab, unter den aussteigenden Fahrgästen fällt ihm eine große Gruppe zusammengehörender Männer auf, er beobachtet sie – hinter seinen die Bahnhofstraße hochgehenden Eltern zurückbleibend – versteckt, der ihm bekannte NSDAP-Vorsitzende Engelbrecht begrüßt die 20-40Jährigen zackig, der Trupp bewegt sich ebenfalls die Bahnhofstraße hinauf an der evangelischen Kirche vorbei, Ödön eilt seinen Eltern nach

Requisiten: Plakat zur Reichsbannerveranstaltung mit Hauptredner Auer um 13 Uhr 30 in der Weinstube „Zur Traube"/Kirchmeir, winterliche Kleidung

Geräusche: Quietschen des haltenden Zuges, Stimmenlärm, kurze Gespräche von Vater, Mutter und Sohn   Dauer: 2Min

2. Szene

Ort: Vor Elternhaus (Ersatz: Ramsachleite 4)

Zeit: unmittelbar an Szene 1 anschließend

Situation: Ödön stellt den Koffer vor der Haustür ab und erklärt seinen Eltern, dass er nicht mit ins Haus komme, weil er zur Reichsbanner-Veranstaltung hingehe. Seine Eltern warnen ihn davor, sich in die lokalen politischen Geschehnisse einzumischen

Geräusche: Schritte Ödöns, Türklingel, Erklärung Ödöns   Dauer: 1 Min

3. Szene

Ort: Murnauer Weinstube Traube/Kirchmeir kurz von außen sichtbar
Innen: (Ersatz: Griesbräu Nebenzimmer)
Zeit: unmittelbar an Szene 2 anschließend, 13 Uhr 15

Situation: an den etwa 20 Tischen sitzen bereits jeweils einige Leute, die
sich unterhalten; 2 Kellnerinnen hasten nach Zurufen bedienend eilfertig
hin und her; Horváth gesellt sich zu 2 Arbeitern, die in der dritten
Tischreihe Platz genommen hatten; viele Sitzenden rufen Neu-Eintretenden
jeweils zu, sich zu ihnen zu setzen; der Saal füllt sich rasch, wer keinen
Sitzplatz findet, steht an den Seitenwänden; in der ersten Reihe (4 Tische)
sitzen durchwegs SPD-Leute; in der zweiten Reihe sieht man durchwegs
nur die Braunhemden der NSDAP-Leute, in deren Mitte erkennt man als
zentrale Figur den NSDAP-Ortsgruppenleiter Otto Engelbrecht;
SPD-Gemeinderat Josef Fürsich eröffnet die Versammlung und begrüßt
offiziell den Landtagsvizepräsidenten Erhard Auer als Festredner und
weist wegen des großen Andrangs auf die nachfolgende Zweitveranstaltung
im Griesbräu ab 16 Uhr 30 hin; Auer wird lauthals von den SPD-Leuten
(etwa 60) begrüßt, während die NSDAP-Leute (etwa 40) keinen Finger
rühren und finster schauen; der Festredner hält seine Ansprache –auf die
Vorzüge der Arbeiterbewegung und auf die Gefahren des Nationalismus
ausführlich eingehend – worauf die Diskussion angesetzt wird, deren ersten
Beitrag Engelbrecht mit glühenden Worten bestreitet, worauf er mit dem
Hitlergruß endet; dem „Heil Hitler" schließen sich brüllend die NSDAP-
Leute an, die SPD-Männer protestieren aufstehend empört; dies ist der
sofortige Beginn einer gewaltigen Saalschlacht, die Horváth – sich unter
fliegenden Maßkrügen und vor einem gezückten Stuhlbein wegduckend,
aber alles registrierend – am Tisch miterlebt; die feindlichen Gruppen
ringen und boxen miteinander, die Tische fallen um und gehen zu Bruch;
viele prügeln mit Stühlen und aus den Jacken gezogenen Gummiknüppeln
aufeinander ein; manche schlagen die Fenster ein und springen flüchtend
hinaus; Ödön windet sich geschickt, seinen Kopf mit den Händen
abdeckend, kurz vor dem Ende es Kampfes aus dem Raum hinaus

Requisiten: ländliche Gastwirtschaft mit einfachen Holztischen und
Stühlen,

Geräusche: nach den leidenschaftlich vorgetragenen und deutlich
vernehmbaren Reden von Auer und Engelbrecht entsteht
ohrenbetäubender Lärm aus männlichen Kehlen (Flüche, Kampfrufe,
Schmerzensschreie) und den Splitter-, Fall- und Schlaggeräuschen der
Holzeinrichtung bzw. der Bierkrüge und Biergläser   Dauer: 7 Min

4. Szene

Ort: Murnau Griesbräu/Bierhalle zunächst außen, dann innen

Zeit: 6 Wochen später, Mitte März 1931, vormittags
Situation: Horváth betritt mit den beiden Berliner Theaterregisseuren, die
ihn als Freunde in Murnau aufgesucht haben, Ernst Josef Aufricht und
Francesco von Mendelssohn, – nach Annäherung an das Griesbräuhotel
von der Marktstraße her, auf der anderen Seite geht der uniformierte
Major Pöppl entlang - das noch fast leere Lokal und bespricht nach der
Bestellung von Weißbier die bevorstehende Berliner Aufführung der
>Italienischen Nacht<; Ödön erzählt dazu kurz, dass er den Gründer des
„Vereins für das Deutschtum im Ausland", eben diesen Pöppl, in sein
Bühnenstück eingearbeitet hat und wie seine schon vor der Saalschlacht
konzipierten Szenen die Militanz der NSDAP hervorgehoben haben. Die
drei greifen in ihrer Unterhaltung auf das 1929 in Berlin uraufgeführte
politische Volksstück >Sladek, der schwarze Reichswehrmann< zurück.
Das gedankliche Bild der Gesprächspartner könnte durch kurze schwarz-
weiß Einblendungen von Filmaufzeichnungen über die beiden Nazi-
kritischen Stücken angereichert werden.

Geräusche: schwacher Bierhallen-Lärm im Hintergrund   Dauer: 4 Min

5. Szene

Ort: Horváth, Aufricht und Mendelssohn treffen sich am Murnauer
Bahnhof, sie fahren mit dem Zug nach Garmisch, wo sie zur Zugspitzbahn
umsteigen, diese in der Eibsee-Station verlassen, um zum Tunnelfenster
hinaufzuwandern, wo sie am Eingang des Zahnradbahntunnels Halt
machen

Zeit: am Folgetag nach der Unterhaltung im Griesbräu

Situation: Horváth erzählt, dass seinen Eltern und ihm die Murnauer
Gegend bereits 1920 ausnehmend gut gefallen und dass die Familie seither
mehrere Urlaube im Hotel Schönblick verbracht hat, bis schließlich 1924
das Haus in der Bahnhofstraße gebaut wurde; er mag den Wechsel

zwischen Stadt und Land; die drei reden beim anstrengenden Hochsteigen zum Tunnelfenster entlang der Zugtrasse über Ödöns mitte der zwanziger Jahre geschriebenen >Sportmärchen< und über das 1929 in Berlin aufgeführte sozialkritische Volksstück >Die Bergbahn< und den früheren Titel >Revolte auf Cote 3018<, sie bleiben staunend vor dem Einfahrtsloch der Bahn in die Felswand stehen, beim Hinuntergehen bekennt Ödön, wie gerne er selbst – trotz aller Ironisierung des fanatisch betrieben oder gar politisch instrumentalisierten Sports - in die Berge geht wegen der Schönheit der Natur und um sich zu entspannen.
Eine kurze Schwarz-Weiß-Einblendung einer Verfilmung der >Bergbahn< könnte die erzählte Vorstellung verstärken.

Geräusche: Stille, gelegentlich Bergdohlenschreie, Gehgeräusche der Wanderer auf dem steilen Anstieg und Abstieg   Dauer: 7 Min

6. Szene

Ort: Amtsgericht Weilheim, zunächst außen, dann innen in einem Verhandlungssaal

Zeit: 23.Juli 1931

Situation: Man sieht Horváth auf das Gerichtsgebäude zugehen, er tritt ein, sucht den Verhandlungsraum und wird davor von einem kontrollierenden Wachtmeister zur Zeugenbank geführt, er hört die Aussagen von jeweils einem Zeugen zugunsten der SPD, Iblher, und zugunsten der NSDAP, Berchtenbreiter, der zudem dem jüdischen Rechtsanwalt des Reichsbanner, Dr. Hirschberg, keine Fragen beantworten will; kurzes Wortgefecht der gegnerischen Anwälte und Hinweis des Richters auf ordentlichen Verhandlungsablauf; Ödön macht seine Zeugenaussage, welche die NSDAP belastet, die Versammlungssprengung geplant und die Rauferei nach Verabredung begonnen zu haben, worauf der NSDAP-Anwalt Stock über den Schriftsteller als üblem Tendenzstück-Schreiber herfällt. Man merkt, dass die Anklage wegen Landfriedensbruch gegen die Hauptangeklagten Engelbrecht, Rößler und Pichler wegen allseitiger Widersprüche keine Chance haben wird. Engelbrecht hat für alle Fälle ein ärztliches Zeugnis wegen Verhandlungsunfähigkeit mitgebracht. Horváth wird von den NSDAP-Leuten im Verhandlungszimmer (1/4 der Leute wie im Kirchmeir-Saal) während seiner Zeugenaussage feindselig beobachtet und flüsternd kommentiert.

Geräusche: Gemurmel, Referate, Ordnungsrufe, Unruhe, emotionsgeladene Stimmung bei den beiden Parteien   Dauer: 6 Min

7. Szene

Ort: Murnau, Wanderung am König Ludwig-Denkmal an der Kohlgruberstraße vorbei über den Bahngleis-Weg und den Dünaberg-Weg zur Fürstalm, Dünaberg 5

Zeit: ein schöner Sommertag im August 1931

Situation: Horváth ist in Begleitung von Franz Mehring, Hertha Pauli und Wera Liessem; sie reden während der Wanderung vom Abheben und Beschmieren des König-Ludwig-Denkmals und vom starken Metzger Ludwig Haller, der 1924 die Büste ab- und hinaufgehoben hatte, was dann in der >Italienischen Nacht< vorkam; beim lockeren Gespräch in Gegenwart des Wirts und Herausgebers des >Murnauer Tagblatts<, Josef Fürsts, im Gartenlokal, wobei die 1927 entstandene – aber noch nicht aufgeführte - Kömödie >Zur schönen Aussicht< zur Sprache kommt; (im Urbild des Titels, dem Gasthaus >Schönblick< in der Bahnhofstraße, logieren die Gäste wie die Horváths selbst 1920/21), die Freunde plaudern über die herrliche Gegend und die Lokalpolitik

Geräusche: nur die menschlichen Stimmen, ab und zu die schrillen Pfiffe des Zuges von Murnau nach Oberammergau   Dauer: 5 Min

8. Szene

Ort: Murnauer Bahnhof und dann Weg vom Münchner Bahnhof zur Schellingstraße zum Lokal >Schelling-Salon<

Zeit: Ende Oktober, abends

Situation: Horváth ist Mittelpunkt einer kaum besuchten Dichterlesung aus seinem 1930 erschienenen Roman >Der ewige Spießer<, seine 3 Freunde Walter Mehring, Hertha Pauli und Wera Liessem begleiten ihn und

nehmen in der ersten Reihe Platz, Ödön liest eine wichtige Stelle vor
(Redakteur Schmitz erklärt dem Autoverkäufer Kobler die paneuropäische
Idee), bei der Diskussion empört sich ein anwesender Deutschnationaler
lautstark über die Ideologie des Autors und weist auf dessen ungarische
Staatangehörigkeit hin, Horváth erklärt in ruhigen Worten seine deutsche
Kulturzugehörigkeit und seine übernationale Position auch unter Hinweis
auf seinen 1927 in Murnau gestellten und 1928 von der oberbayerischen
Regierung abgelehnten Einbürgerungsantrag; Hertha und Ödön
übernachten in der Horváthschen Münchner Stadtwohnung in der
Widenmayerstr., kleine erotische Szene sollte stattfinden
Geräusche: Lesestimme Horváths, unflätiger Diskussionsbeitrag,
Stimmengewirr bei Ende der Veranstaltung, privates Geplausch in der
Wohnung   Dauer: 7 Min

9. Szene

Ort: Abfahrt aus München per Zug und Ankunft von Horváth und Hetha
Pauli in Berlin, dann Gang Horváths (allein) zum Treffpunkt mit Heinz
Hilpert und Dr. Franz Ullstein

Zeit: am Tag nach der Lesung in München, Ende Oktober 1931

Situation: Ödön begibt sich zum Café Schwannecke (Ersatz: ein
romantisches, `Wiener Caféhaus´, z.B. Café Einstein, Sophienstr.) und
redet dort mit Regisseur Hilpert und Verleger Ullstein über die
bevorstehende Inszenierung der >Geschichten aus dem Wienerwald<, am
Schluss der Unterhaltung kommt Ullstein auf die erfreuliche Vertrags-
Ergänzung mit Horváth zu sprechen, die dem Dichter 500 Mark monatlich
garantiert

Geräusche: Caféhaus-Lärm, beste Geprächsatmosphäre   Dauer 2 Min

10. Szene

Ort: in der Berliner Gaststätte Aschinger (Ersatz: belebte Kneipe in
Bahnhofsnähe, „Zwiebelfisch", Savigniplatz)

Zeit: am nächsten Vormittag, 2. November 1931

Situation: Ödön trifft sich mit Carl Zuckmayer und Erik Reger; man feiert die Verleihung des Kleistpreises, wovon die beiden Gehrten aus der Tageszeitung erfahren haben; Ödön raucht Zigarre; Zuckmayer bekräftigt seine Verleihungskriterien; alle drei sind sich aber im Klaren, wie böse die Rechtspresse gleichzeitig reagiert und was das für die Zukunft bedeuten kann

Geräusche: viel Gesprächs- und Lokallärm im Gasthaus   Dauer: 2 Min

11. Szene

Ort: Deutsches Theater Berlin

Zeit: abends am selben Tag, 2. November 1931

Situation: Horváth, Pauli, Liessem, Mehring, Zuckmayer, Reger, Hilpert, Ullstein sitzen in der ersten Reihe des Theaters, sie wohnen in vollem Haus der vielbejubelten Première der >Geschichten aus dem Wienerwald< bei (2 kurze Szenen einer Aufzeichnung mit einer Stelle an der Donau und einer Stelle aus der Straße im 8. Wiener Bezirk könnten eingeblendet werden)

Geräusche: erwartungsvolles Gemurmel der Theaterbesucher am Anfang, Stimmen der jeweiligen Schauspieler – und die Musik - aus der Vorstellung, am Schluss Jubel für Autor und Regisseur, Hilpert verabredet sich mit Ödön
Dauer: 4 Min

12. Szene

Ort: Caféhaus Schwannecke (Ersatz: z. B. Café Einstein, Sophienstr.)

Zeit: am nächsten Vormittag

Situation: Man redet über Horváths laufendes Theaterprojekt >Casimir und Caroline<, Uraufführung in 14 Tagen in Leipzig, und spricht über die Konzeption von >Glaube, Liebe, Hoffnung<,
Horváth verabschiedet sich und geht Richtung Bahnhof, um nach Murnau zurückzukehren

Geräusche: Caféhaus-Atmosphäre, Unterhaltung, Großstadtlärm   2 Min

13. Szene

Ort: Murnau, Maskenfest im Hotel Seerose (Ersatz: Fischerwirt in Seehausen), ein großer Tisch mit Ödöns Freundeskreis

Zeit: Fasching 1932

Situation: die Freunde Ödöns, Pauli, Liessem, Mendelssohn, Aufricht, Mehring und neu dabei Franz Theodor Csokor sind zu Besuch; man scherzt, ist lustig, amüsiert sich über die Lokalpolitik; Ödön lässt beim Anblick eines als Offizier verkleideten Ballbesuchers einfließen, wie der Ex-Hauptmann Gobsch am Tag des Hitler-Putsches unter Assistenz seines Adjutanten Pichler die Amtsgewalt in der Murnauer Polizeidienststelle an sich gerissen hat

Geräusche: laute Faschingsmusik, viele tanzende Gäste   Dauer: 4 Min

14. Szene

Ort: Murnau, Strandbad, Herrenabteil, seine männlichen Freunde sind da

Zeit: Sommer 1932

Situation: Mehring, Csokor, Zuckmayer und Horváth schwimmen, springen von einem Kahn aus ins Wasser; Ödön führt mit Csokor einen Ringkampf vor, man redet über Sportarten und dann über den Zusammenhang von Sport und schleichendem Militarismus

Geräusche: Schwimmbad-Lärm   Dauer: 4 Min

15.Szene

Ort: Murnau, Marktstraße, Trachtenzug/Schützenzug

Zeit: Sommer 1932, ein echter geeigneter Festzug kann aufgezeichnet werden, bzw. Einblendung eines früheren Graf-Arco-Festzuges

Situation: Ödön steht mit seinm Bekannten, dem Hauptschullehrer Dr. Leopold Huber, vor dem Rathaus; die beiden kommentieren zuerst witzig, dann ernsthaft ihre Besorgnis über das Marschieren, Fahnenschwingen, Trommeln und Waffentragen, sie sprechen über den Zusammenhang von NSDAP-Erfolgen und der zu spürenden politischen Aggressivität und Kriegsbereitschaft

Geräusche: Beginn des Festzuges mit Böllerschüssen; dann gewaltiger rhythmischer Trommlerlärm mit Fanfarenstößen, im Gleichschritt vorbeigehende Männer in Tracht   Dauer: 2 Min

16. Szene

Ort: Café „Zur schönen Aussicht" in Murnau (Ersatz: Münter-Café oder Lokal Auszeit)

Zeit: Spätherbst 1932, vormittags im Freien

Situation: Regisseur Heinz Hilpert, der in München zu tun hatte, trifft sich mit Horváth, um ihm schonend beizubringen, dass die geplante Aufführung von >Glaube, Liebe, Hoffnung< auf Druck der NSDAP zu stornieren sei; Hinweis auf Artikel im „Völkischen Beobachter"; man redet noch über Horváths „Gebrauchsanweisung fürs Theater"

Geräusche: Stille, Horváth und Hilpert sprechen   Dauer: 2 Min

17. Szene

Ort: Murnau, Gaststätte Pantlkeller (Ersatz: Castagno/vor Kurgästehaus) außen

Zeit: Spätherbst 1932, vormittags im Freien

Situation: Verleger Dr. Franz Ullstein ist von München zu Horváth herausgekommen, um ihm die schlechte Mitteilung zu überbringen, dass er aus politischen und wirtschaftlichen Gründen den Autorenvertrag mit ihm leider stornieren müsse, Hinweise auf Hetze in der Rechts-Presse

Geräusche: Stille, Horvath und Ullstein sprechen   Dauer: 1 Min

18. Szene

Ort: Ödön und Lehrer Dr. Huber schreiten die Hügel westlich von Aidling am Riegsee ab, dem Standort des geplanten HJ-Hochlandlagers

Zeit: Ende Januar 1933

Situation: die beiden reden über die Indoktrination der Kinder und Jugendlichen durch die NSDAP, wozu Horváth seine Besorgnisse und der Hauptschullehrer seine Erfahrungen in Murnau einbringen; sie sind sich im Klaren, welche einschneidenden Veränderungen ab dem angekündigten Tag der Machtübergabe an Hitler, dem 30. Januar, stattfinden werden; Lehrer Dr. Huber geht bei der Wanderung auch auf seine Position im Gemeinderat des Marktes Murnau ein; Ödön deutet an, dass er für seinen geplanten Roman >Jugend ohne Gott< diese vormilitärische Jugendfreizeit und Schule sowie die Lehrer- und Pfarrer-Position verwerten werde

Geräusche: Stille der Natur, ernstes Gespräch der Freunde zur Lage der Zeit   Dauer: 6 Min

19. Szene

Ort: im Stüberl des Posthotels in der Murnauer Marktstraße, Ödön sitzt an einem kleinen Tisch in der letzten Reihe, es sind viele Braunhemden zu sehen

Zeit: 1. Februar 1933, nachmittags

Situation: NSDAP-Ortsgruppenleiter Engelbrecht steht im gut besuchtem Raum vor dem Rundfunk-Volksempfänger und leitet die sogleich anzuhörende Radioübertragung von Adolf Hitlers Rede an die Deutschen mit eigenen Partei-Parolen ein, die er schon am Vortag bei den Feiern zur Machtübernahme in der Murnauer Turnhalle von sich gegeben hat;

nachdem alle Anwesenden einige Minuten den Worten des Führers
ergriffen gelauscht hatten, äußert Horváth laut seinen Unmut über so viel
Radikalität und Unsinn und meint zur Bedienung, sie solle die Übertragung
doch ausschalten; sofort richtet sich die Empörung aller übrigen
Anwesenden, die vom neuen Kanzler begeistert sind, gegen diesen
„kommunistischen, ungarischen Störenfried" – eine zweite
Saalschlachtstimmung, aber diesmal nur gegen einen einzelnen Linken
gerichtet; bevor Ödön niedergeschlagen wird, stellt sich Otto Engelbrecht
zwischen ihn und die aufgebrachten Leute, den fairen Schlichter und
Schützer mimend
Geräusche: Gesprächslärm im belebten Lokal, Ruhe bei Engelbrechts
Vorrede, Originalton einer Passage aus der Reichstagsrede Hitlers, Ödöns
Zwischenruf, dann großer Tumult mit unflätigen Worten   Dauer: 4 Min

20. Szene

**Ort: Horváth wird von 10 NSDAP-Männern zum Elternhaus expediert, die
Griesbräugasse hinauf zur Bahnhofstraße und am Eingang den bestürzten
Eltern übergeben (Ersatz: ggf. Ramsachleite 4)
Zeit: am 1. Februar nachmittags**

**Situation: während des Abführens wird Horváth weiterhin beschimpft und
darauf aufmerksam gemacht, dass er es nur seinem Fürsprecher
Engelbrecht verdanke, ein letztes Mal noch heil davonzukommen; Dr. Josef
Horváth und seine Frau nehmen die Übergabe ihres Sohnes an der Haustür
aufgeregt zur Kenntnis; im Hausinnern sagen sie ihrem Sohn, dass der
Vorfall wohl bedeuten wird, dass auch sein Verweilen und auch ihres in
Murnau nun nicht mehr möglich sein werde und sie das Haus zum Verkauf
anbieten müssten; sie verstehen andererseits, dass Ödön als Schriftsteller
seinen eigenen Vorstellungen nachgehen muss; Ödön will seinen Eltern
nicht die Existenz in der neuen Heimat vermasseln und führt sofort – damit
bei der absehbaren Hausdurchsuchung, die auch der Vater befürchtet,
nichts Belastendes auffindbar ist - seinen endgültigen Auszug aus dem
Elternhaus durch; mit dem großen Koffer in der Hand geht er eine Stunde
später zum Bahnhof**

Geräusche: ernste Worte zwischen Eltern und Sohn   Dauer: 2 Min

21. Szene

Ort: der Schnellzug aus München trifft im Wiener Hauptbahnhof ein/
Maria Elsner und Ödön gehen in ein belebtes Nachtlokal mit Barbetrieb

Zeit: Februar 1933

Situation: die Schauspielerin und Sängerin Maria Elsner, die Ödön schon
länger kennt und von ihm telefonisch benachrichtigt wurde, holt Ödön am
Zug ab; sie gehen in das gut besuchte Nachtlokal; Horváth ist nach seiner
Vertreibung aus Murnau deprimiert; Maria vermag ihn aufzuheitern und
ihm neue Perspektiven aufzuzeigen; Ödön ist erleichtert; sie gehen fröhlich
angeheitert zur vom verstorbenen Onkel Prehnal geerbten Horváthschen
Wohnung und nach einer passenden erotischen Szene macht Ödön der
Maria einen Heiratsantrag

Geräusche: Lokallärm, entsprechend hergerichtete Bardamen,
verständnisvoller Gedankenaustausch (mit zunehmender Begeisterung
voneinander) zwischen Maria und Ödön   Dauer: 4 Min

22. Szene

Ort: in einem großen Wiener Café (z.B. Café Schwarzenberg, 1. Bezirk)

Zeit: Mai 1933

Situation: Horváth (rauchend) zieht schweren Herzens in einem
erklärenden Schreiben an die Teilnehmer des Schriftsteller-Kongresses (zu
Händen Oscar Maria Graf) in Ragusa seine telefonisch zugesagte
Unterschrift unter ein Protest-Telegramm freier Dichter zurück

Geräusche: nachdenklicher Ödön, schwacher Lärm des Cafés Dauer: 1 Min

23. Szene

Ort: in einem Wiener Standesamt

Zeit: 27. Dezember 1933, vormittags

Situation: Ödön und Maria heiraten, Franz Csokor und Carl Zuckmayer sind Trauzeugen, danach stehen die vier vor dem Gebäude fröhlich plaudernd beisammen, Maria sagt, dass sie demnächst die Adele aus der Fledermaus an der Wiener Staatsoper singen werde

Geräusche: Hochzeitsmusik von der Schallplatte, Jawort vor dem Standesbeamten, Reden über die nahe Zukunft   Dauer: 1 Min

24. Szene

Ort: Horváth trifft aus Wien anreisend im Berliner Hauptbahnhof ein und begibt sich ins Café Aschinger (Ersatz: „Zwiebelfisch", Savignyplatz)

Zeit: Frühjahr 1934, nachmittags

Situation: Er formuliert offensichtlich schweren Herzens einen Aufnahmeantrag in die Reichsschrifttumskammer und weist darin auf seine Beschäftigung bei der UFA als Drehbuchschreiber hin

Geräusche: bedrückter Schriftsteller, Caféhaus-Lärm   Dauer: 1 Min

25. Szene

Ort: Horváth trifft in Begleitung von Wera Liessem mit dem Zug im österreichischen Henndorf ein

Zeit: Dezember 1934

Situation: Ödön wird vom in Henndorf wohnenden Carl Zuckmayer am Bahnhof abgeholt; sie gehen zur Postwirtschaft, wo sich Ödön einmietet; sie sprechen über Ödöns gerade erfolgte Ehescheidung von Maria Elsner und über die schwierige politische Lage

Geräusche: ankommender Zug, Begrüßung, Ruhe des Dorfes Dauer: 1 Min

26. Szene

58

Ort: Spaziergang in Henndorf

Zeit: ein Vormittag in den nächsten Tagen

Situation: ein seelisch belasteter Ödön spricht mit Carl über verschiedene
Werkvorhaben (>Figaro lässt sich scheiden<, >Der jüngste Tag<, >Der
Lenz ist da<, >Himmelwärts<, >Jugend ohne Gott<, >Ein Kind unserer
Zeit<) und seine neue Auffassung von der Gestaltung der Hauptpersonen,
welche den expressionistischen Gedanken von der Wandlung des Einzelnen
aufgreift; Ödön erklärt seinem Schriftsteller-Freund seine künftige
Konzeptionsänderung und spricht über seine weitere Idee, auch
Verstorbene in den Dialogen sprechen zu lassen

Geräusche: Stille der Natur, Gespräch zwischen 2 Dichtern   Dauer: 4 Min

27. Szene

Ort: Henndorfer Bahnhof

Zeit: 13. Dezember 1934, vormittags

Situation: Horváth und Wera Liessem reisen Richtung Zürich zur dortigen
Aufführung des Drama >Hin und Her< ab; vom offenen Zugfenster heraus
redet Ödön witzig zum begleitenden Carl hinunter, dass dieses Werk einen
besonderen biographischen Bezug habe, aber dass er für sich selbst wohl
bald die Entscheidung im Sinne des Romankonzeptes >Adieu Europa<
fällen werde; der Zug fährt ab; die Freunde winken sich erst nach

Geräusche: Geräusche der wartenden Dampflok, lautes Reden der beiden
Freunde   Dauer: 1 Min

Schluss-Text:

Ödön von Horváth kam am 1. Juni 1938 in Paris in der Nähe des Theaters
Marigny während eines Sturms durch einen herabstürzenden Ast ums
Leben, nachdem er mit dem Regisseur Robert Siodmak die Verfilmung
seines Romans >Jugend ohne Gott< in die Wege geleitet hatte.

Filmgerechte Ausführung einer Horváth-Szene/Murnau/Dr. Wambsganz

Szene 15

Dr. Huber und Horváth treffen sich bei einem Graf-Arco-Festzug im Juli 1932 vor dem Rathaus in der Murnauer Marktstraße. Sie gehen etwas abseits von den übrigen Leuten, damit sie sich ungestört unterhalten können.

Huber: Grüß dich, Ödön, schon lange nicht mehr gesehen, wie geht es dir?

Horváth (*gibt Huber erfreut die Hand*): Servus, Leopold, mir geht´s eigentlich

sehr gut, ich hoffe dir auch?

Huber: Du weißt ja, dass man uns Lehrern nachsagt, dass wir andauernd Urlaub

haben; trotzdem sei´s ehrlich gesagt, ich freu mich schon auf die großen Ferien.

Dann werden einige Berge bezwungen und der Garten schöner hergerichtet.

Horváth: Falls du einmal den Aufstieg auf die Zugspitze vorhast, melde dich

bitte, da würde ich gerne mitgehen. Und die Einkehr oben im Münchner Haus

entschädigt uns für die Mühen des Anstiegs!

Huber: Gut, ausgemacht, ich rühr´ mich einen Tag davor, ich hoffe, dass du

dann in Murnau und nicht in München oder Berlin bist. Übrigens auf der

deutschen Seite wird noch an der Zugspitzbahn gearbeitet, die Österreicher

waren etwas schneller – am schnellsten aber warst du, mit deinem >Bergbahn<-

Stück! Hast du übrigens noch von weiteren Reaktionen darauf gehört? Vor fünf

Jahren bist du doch als neuer Sozialautor ganz positiv rezensiert worden.

Horváth: Das hielt nur in der Linkspresse an, erfreulicherweise bis heute kann

ich dir ohne falsche Eitelkeit zugeben; der >Völkische Beobachter< ist aber seit

dem >Sladek< und seit der >Italienischen Nacht< überhaupt nicht mehr gut auf mich zu sprechen. Man könnte die Kommentare schon direkt als hasserfüllte Tiraden bezeichnen.

Huber: Ja, seit den Wahlen von 1930 ist es ganz aus mit der hoffnungsfrohen Weimarer Republik. Ich schätze, dass es noch schlimmer kommt. Der Brüning hält nicht mehr lange durch und der Hindenburg wird zuletzt noch den Schreihals Hitler akzeptieren – dann weht den Linken ein eisiger Wind ins Gesicht, Wenn `Wind´ überhaupt das richtige Wort ist für den Sturm, den die Nazis ja schon öfter angekündigt haben.

Horváth: Merkst du vom raueren politischen Klima auch etwas in der Kommunalpolitik?

Huber: Freilich, dem Bürgermeister Utzschneider hat es nach 2 Jahren schon gereicht, das neue Gemeindeoberhaupt Wohlgeschaffen – er ist jetzt vier Monate im Amt - gelernter Hauptschullehrer wie ich, hält die Demokratie durchaus aufrecht, so gut er kann. Die ständigen Sticheleien setzen ihm dennoch merklich zu. Den Federl und den Scherr hat er schon ein paar Mal zur Ordnung gerufen.

Horváth: Du bist doch der ruhige Fels in der Brandung!

Huber: Wer weiß, wie lange! Ich spür´s sogar im Unterricht bei den Sechstklässlern, dass manche Eltern mich verunglimpfen.

Im Gemeindeparlament läuft das meiste ganz normal. Du weißt ja, vorwiegend Baumaßnahmen und Grundstücksverkäufe! Manche gönnen mir meinen kleinen

Nebenverdienst beim >Weilheimer Tagblatt< nicht, besonders wenn ich etwas über Murnau schreibe. Die große Politik macht sich eher indirekt bemerkbar. Es kommt unguter Druck von der Orts-NSDAP her. Du hast doch auch gemerkt, dass die Rechten andauernd politische Versammlungen abhalten, da können meine Volkspartei und die SPD nicht mithalten. Die Hetzreden sickern leider in die Köpfe der Bürger ein.

Horváth (*es wird jetzt laut, die Trommler und die Schützen gehen vor ihnen stampfend und starr schauend vorbei, er muss Huber ins Ohr schreien*): Die Stimmung hat sich teils verändert, teils hat alles mit gewachsener Mentalität zu tun. Manche Mannen sind halt schon in der Lederhose geboren, da kannst du außer dem Sinn für die Arbeit und die Tracht und das Bier nicht viel verlangen. Da hilft auch nicht die Aufklärung durch solche Denker, wie wir es sind. Aber die Bürger, die könnten schon merken, was solche Naturen wie der Engelbrecht und der Hitler mit der Demokratie vorhaben; die sagen ja alles recht deutlich genug.

Huber: Wir tun das Unsere, Ödön, aber wir bilden die Minderheit, hier und in München und Berlin.

Horváth: Wir können nicht aufgeben, auch nicht gegen eine Überzahl. Überleg´ doch, was diese Schützen vor uns einmal mit ihren Gewehren machen werden, wenn der Hitler einmal die volle Macht übertragen bekommt. Auch das markige Fahnenschwingen zeugt schon von latenter Gewaltbereitschaft. Da fehlen nur noch die Zielvorgabe und die Gleichschaltung der Justiz.

Huber: Wir verstehen uns, Ödön. Du kämpfst mit der Feder und ich mit dem Federl (*lacht sarkastisch*)! Also jeder auf seine Weise. Hauptsache Widerstand, so lang es geht, aber Märtyrer müssen wir nicht werden!

Horváth: Ich muss aufbrechen. Schau zu und denk dir deinen Teil! Lass es dir aber nicht anmerken! Bis bald, Leopold, ich ändere noch etwas in >Kasimir und Karoline<, damit das Stück bis zum Oktoberfest fertig ist. (*Verabschiedung*)

Friedrich Wambsganz

70 zeitkritische Gedichte –

Anregungen für Staat, Kirchen und das eigene Ich

Gedankenappelle für Frieden, Glück und Selbstbestimmung

Der Gedichtband *70 zeitkritische Gedichte* nimmt sich in seiner übergreifenden Thematik den denkenden und fühlenden einzelnen Menschen vor, der seine inneren Nöte, die Begrenztheit, seine Wunschvorstellungen und die eigenen Gedanken gegenüber den wertsetzenden Institutionen der Kirchen, des Staates und der Gottesgestalt in verschiedenen lyrischen Formen zur Sprache bringt. Der Autor – vom beruflichen Hintergrund als lehrender Theologe und Germanist geprägt – will vehementer und aufs Wesentliche orientiert ausdrücken, dass Menschsein unter der Warte einer letztlich wertsetzenden höheren Instanz, die wohl nicht immer von den diese verwaltenden Glaubensgemeinschaften voll und richtig erfasst werden kann, nur gelingt, wenn alle Körperschaften, die Macht und prägenden Einfluss haben, aus ihrer eigenen Geschichte des Gelingens und gleichzeitig des Versagens lernen und sich an Hoffnungen orientieren, die persönliches Glück und Erfüllung beinhalten. Normsetzende und gestaltende Körperschaften, die den einzelnen äußerlich und innerlich ergreifen können, sollen auch den ureigenen guten Erwartungen liberaler und tiefenpsychologischer Herkunft Raum geben, die – inspiriert von Freiheitserleben und Wissenserwerb – auf Erhaltung, Verständnis und Verantwortung ausgelegt sind. Dabei kann erkannt werden, dass Humanität und Glaubensziele weitgehend deckungsgleich sind. Es geht letztlich um Phantasie für friedensschaffende Maßnahmen und weltweit organisierte Bereitschaft zu Gewaltverhinderung. Ebenso darf Selbstkritik geübt werden. Es handelt sich also um Lyrik, die lebenspraktisch und modern ist und darüber hinaus als „eingreifend" aufgefasst werden kann. Wünschenswert ist ferner, dass die Gedichte Impulse und eröffnende Gedanken auslösen, die dann in verschiedener Weise eigenständiges Denken und Handeln bewirken.

ISBN 978-3-7448-2840-6

9 783744 828406

Friedrich Wambsganz

Zwischen Lust und Moral – erotisches Erleben und ethisches Bedenken des Fritz Willer

14 Erzählungen aus den Reifejahren eines sensiblen Mannes

Die Spannung zwischen körperlichen, geistigen und seelischen Ansprüchen verspüren alle Menschen. Es handelt sich um ein meist nicht offen thematisiertes Phänomen. Das Körper-Geist-Wesen `Mensch´ will sich selbst kennenlernen und soll sich auch in Fähigkeiten und Bedürfnissen erproben. Ganz besonders treten verlangende und zugleich ethisch abwägende Tendenzen bei delikaten erotischen Erlebnissen der Geschlechter zutage. Dem geistbegabten, geschaffenen Naturwesen `Mensch´ ist aufgegeben, Lustgefühle und moralische Normen, die vom eigenen Inneren her und durch Erziehung und Umfeld bedingt sind, sowohl mit Lebensfreude als auch mit Verantwortung wahrzunehmen.

ISBN 978-3-7460-8321-6

9 783746 083216